「見えない都市」を歩く

文学で旅するイタリア

和田忠彦

NHK出版

目次　「見えない都市」を歩く　文学で旅するイタリア

※引用について、本文中では書名・訳者名のみを記し、底本の詳細は巻末の作品ガイドに記載しています。また、「筆者訳」のうち、筆者による邦訳書が刊行されていないもの（＝原文から訳出）については、†で表示しています。引用中、（　）つきのルビは、底本にないものを補ったことを示しています。

はじめに――文学作品を道案内に、イタリアの旅へ

文学で旅するイタリア――。本書の副題に添えたこの言葉が連想させるものといえば、南欧の陽の光に引き寄せられるようにやってきた、外国の作家による旅の記録に残されたイタリアのすがた――たとえばゲーテの『イタリア紀行』、D・H・ローレンスの『イタリアの薄明』『海とサルデーニャ』といった、わたしたち日本の読者にも馴染みの深い、欧米作家による紀行でしょうか。

あるいは、日本の作家たちが記したイタリアでしょうか。たとえば夏目漱石は、一九〇〇年秋、ロンドンに向かう途上、まずは寄港先ナポリで初めてイタリアの地を踏み、ついで船旅の終着地ジェノヴァで船を下りた後、陸路を北上しながらイタリア半島を旅した様子を日記に認《したた》めています。また漱石の弟子であった野上彌生子《のがみやえこ》は、四二年、欧州旅行の途上、ローマ大学留学中の長男素一《そいち》（のちにイタリア文学者となり、戦後から八〇年代まで日本で唯一のイタリア文学科のあった京都大学で教鞭を執ることになります）の様子をうかがいに、ファシズム体制下のイタリアを旅しています。

そんな作家たちの旅の記録が、この副題の言葉からは浮かんでくるかもしれません。

ですが、これから十三の章にわたってみなさんと旅をしていくイタリアは、「イタリア語で描かれた街」であることをまずお断りしておきます。つまり、イタリア文学に描かれたイタリアの

すがたを、小説であれ詩であれ、作品を読みながらたどってみる。そこでわたしたち読者に伝えられる街の様子や、書き手たちの残した痕跡を深く味わう、文学作品を道案内にしたイタリア旅行――。それがこれからはじまる「旅」です。

日本とほぼ同じ広さの国土に、日本の人口のほぼ半分の人びとが暮らしているイタリア。ここで言う「イタリア」とは、一九四八年に誕生した現在のイタリア共和国を指していますが、一八六一年にはじめて国家として統一され誕生したイタリア王国も、そして、そのはるか以前より連綿と、無数の文学作品を生み育んできた街の集合体をも意味しています。

この旅で道案内をしてくれる作家や作品は、必ずしも馴染み深いものばかりではないかもしれません。それでも、地図を片手に、あるいはインターネットに載せられた写真を眺めながら、それぞれの街のすがたと文学作品に描かれた街とを重ね合わせることで、「イタリア」の多様で多彩な空間を実感していただける――。そう願って、本書を書き起こすことにします。

本書は、二〇二二年一月から四月まで、NHK文化センター青山教室で行われた「作家と旅するイタリアの街」全十三回の講座をベースにしています。講座はNHKラジオ第二「カルチャーラジオ　文学の世界」で、同名タイトルで放送されました。書籍化にあたっては、大幅に改訂、加筆しています。

文学で旅するイタリア　関連地図

I.

旅立ちにあたって

――《見えない都市》とヴェネツィア

語るマルコ、聴くクビライ

旅の第一歩を、二十世紀を代表する作家、イタロ・カルヴィーノ（一九二三〜八五）が残した小説『見えない都市』（一九七二）とともに踏み出すことにします。

モンゴル帝国第五代皇帝クビライと、ヴェネツィア共和国から父親とおじに伴われてモンゴル帝国にやってきた青年商人マルコ・ポーロ。歴史上たいへん有名な二人の人物が、もし広大な領土に散らばる都市をめぐって対話を交わしていたら――。そんな仮定の上に組み立てられた物語です。

ちなみにマルコの旅は、往路に三年半。そして大汗《たいかん》（皇帝）クビライのもとで広大な帝国中を遍歴して回る巡察使となって十七年、帝国各地を旅する日々を送りながら、クビライに何度も帰国を懇願するものの許されず、ようやく、イルハン朝のカザン・ハンにペルシャから王妃を迎える使節団の一員としての任務を終えたのち、帰国を果たす――。これが史実とされています。マルコ・ポーロが残した旅の記録は、『東方見聞録』として日本では知られていますが、これは、いくつかのヴァリエーションを伴う『世界の記』と題された厚大な三巻の書物として伝えられたものを指しています。

『見えない都市』の構想を練るなかでカルヴィーノが参照したこの『世界の記』は、ピサ出身のルスティケッロという人物がジェノヴァの獄中で知り合ったマルコに聞いた話をもとに、一二九八年に完成させた書物であることが判明しています。マルコの旅と体験のもつ大きな価値に気づいたルスティケッロは、騎士の遍歴になぞらえて、青年騎士マルコがクビライの宮廷に至り、諸国を遍歴し、訪れた先で数々の冒険、つまり《驚異の出来事》に遭遇したのちに故郷に帰還する、そのような物語に仕立てたのです。それは、「騎士物語詩」と呼ばれるイタリア文学史における主要な系譜の嚆矢《こうし》でもありました。

この『世界の記』の第一部（前編とも）を、カルヴィーノはたいそう好んでいたようです。

長篇物語詩の形式をとって、マルコの見聞をルスティケッロが物語仕立てで読者に伝える。つまり、語り手がマルコ・ポーロ以外にいる。そのかたちが、クビライとマルコの対話へと変換されて、『見えない都市』となった。『東方見聞録』＝『世界の記』は『見えない都市』に先立つほかの作家の文学作品にも影響をあたえていて、それらの作品も、カルヴィーノは『見えない都市』を書くにあたって参照していました。バルザックによるパリの都市小説や、ロシアのシクロフスキーが一九三八年に発表した『マルコ・ポーロの旅』という作品もあり、それらも『見えない都市』の成立に影響をあたえたと考えることができます。

『見えない都市』の構成を見ていきましょう。

巡察使であるマルコが訪れた都市の模様を語り、それを聞いた皇帝クビライによる下問が、やがて両者の対話に移行していきます。

「下問」と述べましたが、二人はたしかに主従関係にあるものの、『見えない都市』で描かれるマルコとクビライは友人でもあるのです。自分がもち合わせない知見を、互いを尊重したうえで披露し合う関係です。イタリア語の原文を見ると、皇帝であるクビライだけでなく、マルコ・ポーロの側も、相手に対して二人称の親称"tu"で呼びかけ、「きみ」とか「おまえ」と呼ばれる関係のなかで話を交わしている。一人称についても、マルコが「わたし」と言ったときに、クビライは「朕《ちん》」とは応じておらず、もしかしたら「俺」と言っているかもしれない。

そう考えて主従関係を反映した丁寧な言い回しを取りはらってみると、この作品にはスピード感が備わっていることがわかります。どんなに長い一文も、そのまま風景として流れていくように読者の目には映るのです。

都市のタロット

二人の対話は、九回にわたるやりとりを重ねていき、それがこの作品の大きな章にあたります。そしてそれぞれの対話の内側に、いずれも女性の名前を有する五十五の都市の描写が織り込まれ、六十四篇——チェス盤のマス目と同じ数——のちいさな物語でこの作品は構成されます。マルコによる五十五篇の都市の報告には、「都市と記憶」「都市と欲望」「都市と記号」「精緻な都市」……というように、十一の異なる属性があたえられています。

この書物は、都市の属性という《記号》の連続体、あるいは集合体としてわたしたち読者に手渡されており、どこから読んでも構わないし、どこで終わっても構わない——。そう示唆されているように思えます。

実験的手法と物語への信頼の共存を可能にしたこの物語を、河出文庫版の「解説」で英文学者の柳瀬尚紀《なおき》が「透かし模様から成る長編詩の新しい開かれた書」と呼んだのは、まさに慧眼《けいがん》と言えるでしょう。

物語を差配するものはなにか

皇帝クビライとマルコは、こうして都市をめぐる言葉を挟んで対峙《たいじ》します。都市のすがたを語りながら、マルコは皇帝の沈黙を読み、耳を澄ませる。他方、皇帝は、マルコがどの都市について語るときも、そこにはいつも少しずつ、マルコの故郷ヴェネツィアのすがたが忍び込んでいることに最初から気づいています。

第一章と第二章で、合わせて十五の都市についての報告をマルコから受けたクビライは、つづく第三章の冒頭で、このような考察を示します。

クビライはすでに気づいていた。マルコ・ポーロの都市はどれも似通っていて、それらを往来しようと思えばわざわざ旅などするまでもなく、あれこれ要素を交換すればすむようだ、と。

（『見えない都市』、筆者訳†）

クビライの言う「わざわざ旅などするまでもなく」というのは、どういう意味なのでしょうか。カルヴィーノは、一九八三年の春にニューヨークのコロンビア大学で行った講演のなかで、みずからその答えを明らかにしています。

わたしのマルコ・ポーロが気にかけているのは、人びとをそれぞれの都市で暮らすようにと連れてきた秘密の理由なのだ。（中略）都市はどれも、記憶、欲望、言語記号、といった多数の事物の集合体だ。都市はいずれも交換の場だが、その交換とは商品の交換にとどまらず、

言葉、欲望、思い出の交換でもある。

（『見えない都市』原書・二〇〇四年版序文より、筆者訳†）

この言葉が、『見えない都市』という作品のテーマを見事に象徴しているように思います。『見えない都市』に対して、かれら（マルコ、クビライ、カルヴィーノ）自身が生きた《見える都市》がある。それはマルコ・ポーロの故郷ヴェネツィアであり、あるいは作者カルヴィーノ自身が暮らした実在する街（《伝記的都市》と呼ぶことにします）だと言えるでしょう。

そして、都市で「交換」されるのは、いわゆる商品だけではない。カルヴィーノの言葉にあるように、それは記憶であったり、欲望であったり、言葉であったりする。

物語に登場する五十五の都市のうち、ディオミーラ、イシドーラ、ザイーラ、ゾーラ、マウリーリアという五つの街には、「都市と記憶」という属性のもとに短い報告が綴られています。たとえば、イシドーラは「夢の街」と定義されている。そしてその「夢の街」にはマルコの青年時代がふくまれており、また街の広場で出会う老人たちはかつての自分たちの青春が過ぎ去るさまを眺めては日がな暮らしているという描写が出てきます。

自分の過去を遡る、夢に見るということも、人間に深く根ざした欲望なのだと、マルコは――そしてカルヴィーノは――考えているようです。だから、さまざまな欲望は「すでにして思い出なのだ」と綴られるのです。

I.

さらに読み進めていくと、二人の対話のなかでクビライがこのような言葉を述べます。

──「物語を差配するのは声ではない」　（『見えない都市』、筆者訳†）

ではいったい、何が物語を差配するのか──。それが記憶であり、欲望であり、夢であるというのです。

すでに述べたように、この物語には各所にヴェネツィア──マルコ・ポーロの故郷──の様子がちりばめられています。

十五の都市について語られた後、物語の第三章でクビライがマルコに、自分が夢に見た街の様子を語って聞かせるくだりがあります。

──**港は北斗に向かい日陰にある。その埠頭は、城壁の下に打ち寄せる暗い水の上に築き上げられている。そこへ降りていく石の階段は、ぬるぬるした海藻で覆われている。**　（同前）

こうクビライは語り出し、みずからの夢、夢に見た街について物語るのですが、それは実在するヴェネツィアの街の描写にほかなりません。小運河の石段を降りて、そのちいさな舟に乗り移るときに、誰もが体験する夜のヴェネツィアの光景が浮かんでくるのです。

『見えない都市』の衝撃

『見えない都市』は、カルヴィーノが四十九歳のとき、一九七二年に発表された作品です。日本では比較的早く七七年、数々のイタリア文学の名作を翻訳したことで知られる米川良夫の訳によって刊行されました。都市をめぐるこの独特の物語は、伊東豊雄や鈴木了二をはじめ、多くの建築家に刺激をあたえました。清水徹や豊崎光一などのフランス文学者を中心に、書物としての都市論の展開に大きな影響をおよぼし、また、現在に至るまでその作品に『見えない都市』の影響を色濃く感じさせる詩人・高柳誠に象徴されるように、詩の世界にも強い刻印を残したのです。

そのような『見えない都市』の日本での受容について、ひとつ特筆すべきことがあるとすれば、やはり日本を代表する建築家・磯崎新《あらた》が、カルヴィーノが『見えない都市』を執筆するよりも十年以上早くに、《見えない都市 Invisible City》という構想をもっていた、ということでしょうか。磯崎は、二〇〇二年に岡山県の奈義《なぎ》町《ちょう》現代美術館で行われた回顧展のカタログに寄せた文章のなかで、一九六〇年の時点で《Invisible City》なる都市概念を提唱していた、とみずからの先駆性を強調しています。それをさらに「海市（ミラージュ・シティ）」と名づけた都市計画のなかで、実在する都市（＝島）としてかたちにした、と回想しています。

I.

はじめて世界の街を旅したのちに、私はひとつの都市論をかき、「見えない都市」という小みだしを終章につけてしまった。

言葉は呪縛するのですね。以来四十年、私の都市についての思考、提案、デザイン、すべてこのひとことを巡ってなされてきました。

それから十年程して、イタロ・カルヴィーノが同名の小説を書き、五年程して日本語でも読めるようになった。マルコ・ポーロが、シルク・ロードで訪れた街のことをフビライ・カンに物語るという趣向です。これは小説、私のは都市論、無関係なんですが、虚構という点では同じだと気づいたのは、更に二十年後。南支那海上に島＝都市をつくり、これを『海市《ミラージュ・シティ》』と命名したときでした。砂漠の都市も蜃気楼のかなたにゆらめいていた。カルヴィーノはあの光景をイメージして『見えない都市』という題を思いついたに違いない。

どの都市も刻々と姿を変えます。記憶もあやしくなります。空想が肥大します。だが、人々はそんな都市に住んでいると思っている。みずからの栖《すみか》をつむいでいる。集合して空中に楼閣を組みあげている。想像のなかの楽園とか死後の都市のほうがよりきらびやかに飾られている。眼前の都市の姿を信じてないためでしょうか。都市が見えないことを直観していたためだと私にはみえます。

（「磯崎新版画展　百二十の見えない都市」図録より、二〇〇二）

磯崎の例は、それだけ普遍性のあるテーマが、『見えない都市』という作品によってわたしたちに手渡されている証だと言えるかもしれません。

この先、作家およびその文学作品を道案内としてイタリアの街を旅するにあたって、『見えない都市』のように、遍在しかつ普遍性を備えた視線を、つねに指針として携えていくことが求められるように思います。

カルヴィーノは、『見えない都市』に登場する都市の生命力について、先ほどふれたコロンビア大学での講演で「都市が生存しつづけてきた目に見えない理由、またそれゆえにおそらくは滅んでもなお再生する理由」と表現しています。これは都市がもつ普遍性についての指摘であると同時に、読者、あるいは旅をする人間は、目に見えない、不可視の理由に目を留めるための視力を養うようにしなければ、《見えない都市》は永久に見えないままだ、と述べたいのではないでしょうか。

街と物語をたどるときの視点

『見えない都市』は、カルヴィーノ自身にとっても大きな転機になった作品です。その理由は、先ほど述べた「どこから読んでも構わない、どこで終わっても構わない」というテクストとの向き合い方にあります。カルヴィーノは生涯を通して、その向き合い方を模索してきたと言ってもよいでしょう。
『見えない都市』を書いた後、カルヴィーノはさらにその成果を自身の作品のなかに投影して、いわば『見えない都市』の〝続編〟を手がけていました。晩年に完成された最後の作品集『パロマー』(一九八三)に、そうした痕跡を見ることができます。

ところで、『見えない都市』の「見えない」とは、単に「目には見えない」という意味なのでしょうか。誰にとって見えないのか、そして何が見えないのか。

物語の描写の速度、あるいはヴェネツィアを歩くときの速度。訪れた都市を見る、そして物語るマルコの視点、地上の視点と俯瞰の視点。マルコの故郷・ヴェネツィアの海と、作者カルヴィーノの故郷であるサンレモの海の記憶。そして、カルヴィーノが生まれ、二年近くを過ごした土地であるキューバの記憶。さらには、その後の人生においてカルヴィーノが旅した世界各地の街の記憶――。そういったものがすべて注ぎ込まれた、「見えないもの」たちに向けて綴った言葉。それが『見えない都市』なのかもしれません。

本書の目的は、イタリアの作家たちが街をどう描き、その街でどう生きたのか、ということを、読者のみなさんと一緒に考えていくことです。これからさまざまな作家とその作品、そして街をめぐっていきますが、全体を通して軸となるのが、イタロ・カルヴィーノという作家の軌跡です。

そこで冒頭で、『見えない都市』とそこに透けて見える実在のヴェネツィアという街について見てきたわけです。次章からは、カルヴィーノをはじめとする作家たちが実際に生きた街――

《伝記的都市》が、作品のなかでどのように描かれているのか、そしてなぜそのように描かれたのかについて考えていきます。

こうした視点で作品を読むときに気をつけなければならないのは、どのようなスピードでその視線が移動しているのか、そしてどこからその視線は発せられているのか、という二つの観点をもつことです。

俯瞰なのか、歩いている地上からの視点なのか――。この視点の位置・据え方には大きな違いがあります。カルヴィーノを例に話をはじめましたが、どのような作家、作品についても、街の描写、空間の描写を読むうえで、つねにわたしたちが気に留めなければならない視点ではないかと思います。

ちなみに、カルヴィーノの『なぜ古典を読むのか』という評論集の訳者でもあるイタリア文学者・作家の須賀敦子は、歩くこと、そして地上の視点をとても大切にしていたように、わたしには感じられます。『見えない都市』を読みながら、須賀敦子の視点を思い返してみると、カルヴィーノが作中でマルコにあたえた役割も、やはりもっぱら歩く視点、地上からの視点ではなかったか、と思えてきます。

次章では、カルヴィーノにとっての《伝記的都市》をたどりながら、六十二年に満たない生涯のなかで、彼が描いた街の様子を、とくに初期の作品を手がかりに見ていきます。

2. 故郷の風景
——カルヴィーノとサンレモ

陽の当たらない路地を抜けて

『見えない都市』の作者として紹介したイタロ・カルヴィーノ。その故郷の街を、かれの初期作品を手がかりに歩きはじめましょう。

それは、イタリア半島の西、ティレニア海に面したサンレモという海沿いの街。近隣の大都市としては、一五〇キロメートルほど東にリグーリア地方の港町ジェノヴァがありますが、隣国フランスのニースのほうが、西にわずか五〇キロメートルとはるかに近い位置にあります。すぐ背後にアルプスの山麓地帯が控える港街という点では、神戸や横浜の感じを思い浮かべていただくとよいかもしれません。イタリアでもっとも重要な音楽のイベント「サンレモ音楽祭」でその名をご存知の方もいらっしゃるでしょう。

また、サンレモは十八世紀半ば以降、イギリスやロシアなどの富裕層や貴族にとって格好のリゾート地、あるいは避寒地として好まれてきた街でもあり、のちほど見るカルヴィーノ自身の回想にもあるとおり、かれが幼少期を送った一九二〇年代にも、「風変わりなコスモポリタンたち」の住む、かなり特殊な街でした。

サンレモを「故郷」と述べましたが、カルヴィーノの「生まれ故郷」は別にあります。サンティアゴ・デ・ラスベガス、中米キューバの首都ハバナの近郊にある街です。著名な農学者だった父マリオが、革命直後のメキシコからキューバ政府の招きで農業改良のために移り住んだ実験農園にある屋敷で、一九二三年十月十五日、イタロ・カルヴィーノは生まれました。そして二歳になる直前、父の生まれ故郷であるサンレモに家族とともに移住します。以後、トリノ大学に進学するまで、この街で育ったのです。

この街で、カルヴィーノは二十歳まで過ごしました。カルヴィーノが成人を迎えようとしていた時期は、イタリアが日独伊三国同盟からいちはやく離脱、一九四三年九月八日の無条件降伏に伴い、国内で、ナチスの支援を受けたファシスト傀儡《かいらい》政権に対し、連合国軍の一員となった政府勢力が、「レジスタンス」と呼ばれる内戦を繰り広げた期間にあたります。

カルヴィーノ自身も、みずから銃をとってレジスタンス闘争に身を投じました。そしてその体験が、作家としてのデビューを促したのです。

デビュー作である『くもの巣の小道』（一九四七）の冒頭部分を見てみましょう。

2.

路地の底までとどくには、日光は冷たい壁をかすめてまっすぐにおりて来なければならない。でも、その壁ときたら、青い青い一すじの空をいくつにも区切るアーチのおかげで、やっと両側に離れて立っていられるという代物なのだ。

日光はまっすぐにおりて来て、壁のあちこちに不ぞろいにならんでいる窓をつたい、その窓先きの古鍋に植えためぼうき［筆者注：バジリコ］やオリガン［筆者注：オレガノ］や、紐につるして干してある下着やらのあいだを掻《か》いくぐってゆく。そして、やっとのことで、騾《ら》馬《ば》の小便用の溝がまんなかに掘ってある、段々状《なり》の、小石を打ちかためた舗装の上にたどりつくというわけだ。

（『くもの巣の小道』、米川良夫訳、ちくま文庫）


ピンと呼ばれる九歳の少年を主人公に、イタリアのレジスタンス闘争を描いた作品です。この書き出しの描写は、かれの故郷サンレモの風景を映し出しています。

サンレモには、「ラ・ピーニャ」と呼ばれる旧市街地区があります。街の中心部から行くと、陽の当たらない路地が曲がりくねって上り、さらにかなり急な上り坂がつづいています。

その坂道を、カルヴィーノは幼いころから、高台にある自宅から街の中心部へと駆けるようにして下りていた。そして長じてからは、とりわけ映画館へ通い詰める——学校をさぼってでも映画館へ通うという生活をしていました。旧市街のその界隈には、いまでも陽の当たらない路地が当時の面影のまま残っています。街の中心からほんの少し、三分ほど歩けばその坂道ははじまりますが、そのとっつきから十分少々上っていくと、「アドリアーナ荘」と呼ばれるカルヴィーノの暮らしていた屋敷にたどり着きます。

そのあたりの様子が、デビュー作の冒頭で描き出されていたのです。

青春時代の故郷の記憶

カルヴィーノは、二十年間暮らしたサンレモの街について、小説のなかでその痕跡を伝えようと試みています。たとえば、映画監督フェデリコ・フェリーニへのオマージュとして書かれた「ある観客の自伝」(一九七四)という掌篇があります。そこには、先ほどふれた街の中心にある映画館「チネマ・チェントラーレ」にカルヴィーノ少年が足繁く通っていた様子が、いきいきと描写されています。

街でいちばん古くて、わたしにとって最初のサイレント映画時代の記憶に結びついている映画館

(『サン・ジョヴァンニの道』、筆者訳、朝日新聞社)

その映画館のことを、カルヴィーノはこのように述べています。

2.

その小屋は、当時（それも比較的最近まで）、メダルをあしらったリバティ様式の看板があり、ホールの構造も、両側の通路に円柱がならび、客席がスクリーンにむかって下りながら、縦に細長くならんでいた。映写室には、目抜き通りに面して小窓があいていて、そこから、当時の技術のせいで歪《ひず》んだ金属音みたいな、およそ馬鹿げた映画の声が洩れてきたものだ。（中略）

客席の両側にならぶ扉は路地に面していた。休憩時間になって、襟に縫いとりのついた上衣を着た案内嬢が赤いビロードのカーテンを開けると、外の空気がおずおずと戸口に、その色をのぞかせ、通りを行く人と客席に腰掛けている観客とは、たがいに、まるで不躾に邪魔でもしたかのように、どこかきまり悪そうにみつめあうのだった。（同前）

映画『ニュー・シネマ・パラダイス』などでも描かれていたように、イタリアではある時期まで、どの映画館でも、上映される映画の本編の第一部と第二部のあいだに、両側に面した小窓を全部開け放って換気をしていました。さらにこのチネマ・チェントラーレでは、天井も開いたのです。だから、休憩時間になると、天井が開いて青空が見えたり、夜空が見えたりする。そんな楽しみ方を、若いころのカルヴィーノはずっと経験していた。路地に面した映画館にまつわる独特な味わいや記憶を、カルヴィーノは、同時代を共有する友・フェリーニへのオマージュとして、文章に残したのでしょう。

故郷サンレモについて抱くこのような深い愛着と郷愁を、自伝的回想めいたかたちで書いた掌篇があります。「ファシズム体制下の少年時代」（一九六〇）には、サンレモへのカルヴィーノの想い、そして故郷の街と密接に結びついた父親への思いなどが綴られています。

本章の冒頭にも述べたように、サンレモは「無国籍」的な、特殊な街でした。

子どものころ、わたしはイタリアの余所《よそ》の土地とはかなり異なる街で育った。サンレモには当時、まだイギリスの老人やロシアの貴族といった風変わりなコスモポリタンたちが住んでいた。

（『パリの隠者』所収、筆者訳†）

この「風変わりな」街で、「相当変わった」家庭環境のもと、カルヴィーノは幼少期を過ごしたと振り返っています。ファシズム体制に順応しようとしない著名な農学者の父親と、女性としてイタリア初の自然科学分野における大学教授となった生物学者の母親のもとで育つこと。それがどれほど特異な環境であったかについて、このように述懐しています。

両親は（中略）そろって科学者で自然を愛し、考え方も自由だった。それぞれ性格は違ったが、ふたりとも国の雰囲気には反撥《はんぱつ》していた。父はサンレモの生まれで、実家はマッツィー

2.

ニ支持の共和国派で、反教権のフリーメーソンに加わっていて、本人は若いころクロポトキンの無政府思想にかぶれ、その後社会党改良派に転じ、ラテンアメリカで長年暮らしていたため、第一次世界大戦を経験することがなかった。母はサルデーニャ島の反教権派の家に生まれ、市民の義務と科学を信奉して育ち、一九一五年のときは参戦支持者だったが、筋金入りの平和主義者だった。長年外国で暮らした後イタリアに帰ってきたときには、ファシズム体制が権力を掌握しつつあるさなかだったから、ふたりは、およそ理解しがたいまったく別のイタリアを目にすることになった。父は報われることなく誠実さと才能を国に捧げながら、ファシズムを、自分が体験したメキシコ革命と比較することで、昔からリグーリア人特有の改良主義者の現実感覚で測ろうとしていた。母は、クローチェの「反ファシズム知識人宣言」に名を連ねた大学教授を兄にもつだけあって、強固な反ファシストだった。ふたりは、生まれからしても経験からしても、コスモポリタンだったし、戦前の社会主義によるめざましい革新の気運のなかで育ったこともあって、自由な民主主義的な見方は、あらゆる規格外れの進歩思想に、明らかに共感を抱いていた。ケマル・アタチュルク、ガンジー、ロシアのボリシェヴィキにだ。ファシズムは数多ある方法のなかからひとつ、それも間違った方法を選んで、愚かで不誠実な連中の先導で、そんな我が家に入り込もうとした。我が家では、ファシズム批判は熾烈《しれつ》をきわめる一方だった。

(同前)

ファシズム体制のさなかにあって、サンレモの街と同じように「コスモポリタン」の両親が示すファシズムへのあからさまな嫌悪と侮蔑《ぶべつ》、そして何より「自由」への希求に、カルヴィーノが触発されたことは間違いないでしょう。

坂道の下に広がる「世界」

このようにして、サンレモの街自体が備える歴史的特徴とカルヴィーノ家の自由な家風とが混じり合い、この街で幼少年期から思春期までを過ごしたイタロ・カルヴィーノのなかに、色濃く深い痕跡を刻むことになったのです。ただ、時代がファシズム体制から内戦を経て解放へと向かうなかで、街の風景がある種の「昏《くら》さ」だけを伴ってかれの目に映っていたのではない、ということにも留意しておきたいと思います。

初期の創作活動をまとめる意図でみずから編んだ短篇集（一九五八）の、ある作品に収められた一節を見てみましょう。

〈悲しみ広場〉の子どもにとって海びらきといえば、まっさらの青空と陽気で若々しい陽の射す四月の日曜日だった。つぎはぎのニットの海水パンツに風をはらませ、子どもたちは細い坂道をかけおりてくる。砂利道をサンダル履きでにぎやかにやってくる子もなかにはいた

2.

が、たいていは帰りに濡れた足に靴を履く気持ちの悪さを思うのか素足のままだった。浜にひろげた網を繕っている漁師たちの節くれだった素足を跳びこしながら、突堤へと駆けていく。大きな岩の陰で着替えをしていると、だいぶ前からひからびたままの海藻の酸っぱいにおいと、広すぎる大空いっぱいに埋めつくそうと飛び交うカモメたちとで心が満たされてくる。岩穴に服や履物を隠そうとするとちいさな蟹たちが逃げだしてくる。それから子どもたちは素っ裸のまま岩から岩へ跳び移りながら、だれが最初に飛び込むかを決めることになる。

(『魔法の庭・空を見上げる部族　他十四篇』、筆者訳、岩波文庫)

子どもたちの夏の一日を描いた、「蟹だらけの船」(一九四七)の冒頭部分です。子どもたちが駆け下りてくる「細い坂道」というのは、『くもの巣の小道』にも出てきた、陽の射さない旧市街ラ・ピーニャの「暗い坂道」のことを指しています。ほぼ同じ時期に、同じ場所を描いたものですが、ここには、のちのカルヴィーノ作品に備わっている「明るさ」を、たしかに見てとることができます。

海びらきの日、海辺へ我先にと街の路地を抜けて駆け下りてくる子どもたちを待つ、きらめく海——。これだけで、軽やかで素早く、正確で透きとおった作家の特質が、あふれる陽の光にくるまれて伝わってきます。この海びらき当日の《悲しみ広場》の光景にも、また同じ短篇集に収められた「動物たちの森」で繰りひろげられる奇妙に浮かれたパルチザン(レジスタンス闘争に参加した民衆の武装組織）狩りの光景にも、つねに光が降りそそいでいる。海でも山麓でも、いったんは途切れたとしても、必ず陽の光が物語のなかにかえってくる。「魔法の庭」や「楽しみはつづかない」といった短篇に登場する少年と少女の冒険においても、陽の光は《日常》と《非日常》をつなぐ架け橋のように射し込んでくるのです。

カルヴィーノにとってのサンレモはどんな街だったのか。かれの暮らしていた屋敷は高台にありましたが、そこから見下ろすサンレモの街の風景が、かれにとっては世界そのものにほかならなかった——。中篇小説「サン・ジョヴァンニの道」（一九六二）のなかで、そのように振り返っています。

ぼくにとって世界は、地球の地図だったし、わが家から下に向かっていくもので、残りは意味のない余白だった。未来の徴《しるし》は下方にひろがるあの道から読み取るものだと思い込んでいた。夜の明かりは、辺鄙《へんぴ》なぼくらの町の道や灯であるだけでなく、その港があらゆる大陸の数ある港であるような、あり得るすべての都市の覗き窓としての《町》でもあるのだった。

（『サン・ジョヴァンニの道』、筆者訳、朝日新聞社）

自分の視界のなかで切り取られた空間、それが「世界」そのものであり、「地球の地図」となっていて、しかも自分の暮らした家から「下に向かっていく」。そして「残りは意味のない余白」と、うそ寒くなるような告白さえ伴っている。

つまり、少年カルヴィーノにとって、田園風景は拒絶の対象であり、眼下に広がる「都市」こそが「世界」に通じるあこがれの対象だった。たとえば映画館のあるあの街の中心部。あの暗い路地を抜けていった先にあるもの、それが世界に通じるあこがれの対象だった――。そう述べているのです。成人する前からレジスタンスに参加していたので、『くもの巣の小道』に濃密に描写されているような、闇市や売春窟といった「大人の世界」も、当然カルヴィーノは垣間見ていたはずです。そうした猥雑とも映る現実の縮図といったものも、サンレモの、かれが「世界」と呼ぶ「都市の窓」のなかに込められていたということも、忘れてはいけないと思います。

2.

移りゆく「街」をめぐる思考

いま引用した作品の名を冠した作品集『サン・ジョヴァンニの道』は、カルヴィーノの没後に妻が編んだものですが、かれ自身がいわば「自伝」として計画していた作品集の〝相似形〟と呼べるものです。

カルヴィーノの作品を振り返ってみると、一九四〇年代から五〇年代にかけて綴られた短篇のほとんどにおいて、都市のすがたは、ある種の「対抗図式」に埋め込まれて、対立する一方の極として描かれていることが見て取れます。

先ほど取り上げた「蟹だらけの船」も収めた、わたしが編んだ短篇集『魔法の庭・空を見上げる部族　他十四篇』には、たとえば表題作「魔法の庭」（一九四八）に見られるように、田園が（とりわけ子どもたちにとって）失われた楽園であるならば、都市は、『くもの巣の小道』はもちろん、「戦争がはじまる」（一九五三）などの作品に見られるように、爆撃の恐怖にさらされた危険地帯として対置される。敗戦直後を描いた作品ならば、短篇集『最後に鳥がやってくる』（一九四九）に繰り返し登場する貧困と犯罪、闇社会といったものが都市のイメージとなる。このように、田園と都市の対抗図式が、たとえば戦争という現実のなかでどのように見えたのかが浮かび上がってきます。

故郷サンレモに象徴される、このような都市と田園の対立関係をはらんだ街の描き方は、六〇年代に入ると少しずつ変貌を遂げていきます。カルヴィーノが「都市」――あるいは平板に「街」と言ってもよいのですが――と呼ぶもののあり方が、ある夫婦のすれ違いの舞台になったり、そうした苦い思いを込められた悲喜劇を、たまたま目撃してしまう主人公の気持ちを表す作品などの舞台として、描かれるようになります。

ここには、一面として、イタリアの戦後社会が抱える暗い部分を覆い隠す空間として都市がしつらえられていた部分があるでしょう。同時に、先鋭化してくる階級間の格差や対立、それがときに衝突をはらんで自分たちの前に差し出されたときの、いわば目撃者としての心情を包み込む空間として、街が描かれていると言えるでしょう。

故郷サンレモからはじまったカルヴィーノの都市をめぐる思考には、初期の短篇を見るかぎり、牧歌的な部分もありますが、一方で、社会の陰画としての役割も大きかったのではないかと思います。

つまり、「街」や「都市」とは、現実と空想のあいだにしか存在しえないという実感を、カルヴィーノは徐々に得ていった。カルヴィーノ自身のそうした軌跡を、いま述べたような「街」の観点から見ると、自身のレジスタンス体験が反映されたデビュー作『くもの巣の小道』があまりにも大きな反響を呼び、その重圧に途惑いながら、自分の表現の次なる手立てを探っていたのが、一九四〇年代から六〇年代にかけての時代だったのでしょう。その結果として、第一章で見た「都市の記憶」を読者に手渡そうとして綴った『見えない都市』が、七〇年代の初頭に生まれたのだと言えます。

のちにカルヴィーノは、こう告白しています。

——小説第一作なんて書かなければよかった。

（筆者訳†）

これは、六四年に『くもの巣の小道』が学校教材として採用された際に、カルヴィーノ自身が書いた序文にある言葉です。つづけてこう述べます。

第一作を書くまでは、人生で一回だけ使うことのできるあの開始することの自由を手元に置いておけるし、第一作というやつはたとえきみが実際には規定されることからまだ程遠いところにいても、それだけできみを規定してしまう。その規定を今度は生涯背負っていくはめになる（中略）。第一作はすぐにきみと経験のあいだを引き裂くことになって、きみを事実に結びつけている糸を断ち切り、記憶の宝物を灰にしてしまう。

（同前）

せっかくの大切な記憶が、すぐに灰になってしまう、そういう行為に自分は、小説第一作を書くことで手を染めてしまった——。デビューから二十年近くを経て、そのことに気づいたのです。そこには、あまりに早く成熟してしまった青年のすがた、あるいは、あまりに早く老いてしまった、かつてレジスタンスに参加した子どもたちのすがたが投影されているように思えます。

想像力によって回帰する、幸福な故郷の風景

みずからのレジスタンス体験を小説というかたちで語るうえで、その虚構空間からいかにして《私》を排除できるか。それができないかぎり、決定的な体験を言葉で伝えることはできない——。カルヴィーノは、この課題を考えつづけていたように思います。

その様子は、直接的にレジスタンス体験を描いた『くもの巣の小道』にも手がかりとして認め

ることはできますが、その後、先ほど述べたような軌跡を経てカルヴィーノが到達したさまざまな作品のなかに、より鮮明に見ることができます。

2.

とりわけ、「ぼくらの祖先」と呼ばれる歴史空想小説三部作(『不在の騎士』『まっぷたつの子爵』『木のぼり男爵』)を読むと、「末期《まつご》の眼」を手にしてしまった少年(青年)が、その苛酷な経験と向き合うために手に入れた手段・手立てが、豊かな空想を歴史のなかに羽ばたかせることだった——。そのような認識にカルヴィーノが行き着いたことが、よく理解できるのではないかと思います。

そのような観点に立つとき、わたしたちは、カルヴィーノが生きた街をまたあらたな目で見ることができるのではないでしょうか。短篇集『魔法の庭』には、想像力をいかに羽ばたかせるかというカルヴィーノの試行錯誤の痕跡が、幸福なかたちで刻まれています。

表題作「魔法の庭」の少年と少女のように、「魔法」の世界と日常とが背中合わせに存在することに一度気づいた者は、いつでも——自分がその気になりさえすれば——「魔法の庭」のある世界に身を躍らせることができるようになる。いったん非日常への通路を発見してしまえば、あとはちょっとした勇気と決断だけで往来が可能になる。そのようなあらたな表現の手立てをカルヴィーノが見つけていたことが、ここには示されていると思います。

サンレモの街が面するティレニア海の、リグーリア海岸の風景や、そこに登場する子どもたち、そこで暮らしたはずの動物たちの記憶に至るまでを、カルヴィーノは作品のなかに描いていく。

そうして結実したのが、『むずかしい愛』という作品です。十二篇からなる連作短篇で、「ある夫婦の冒険」「ある詩人の冒険」「ある海水浴客の冒険」……という具合に、いずれもタイトルが「ある〇〇の冒険」となっています。「ある兵士の冒険」（一九四九）では、カルヴィーノと故郷の風景との関係が、きわめて幸福なかたちで描かれています。

日々リグーリアの海を眺めて、そこで暮らしを営んでいる人たちのすがたがまずある。その背後にある過去、あるいはかれらの日常において、そこに戦争や暴力の影が射していることもあるでしょう。時には、そうして暮らしている人物自身が、社会の底辺、あるいは社会の《外》に置かれている、いわゆる社会的な弱者であったり、年少者だったりする。そういったこともふくめて、あらゆることが《日常》として物語のなかに織り込まれているのです。

これが、カルヴィーノが行き着いた想像力の羽ばたかせ方だったのではないでしょうか。

そうした境地に達する最大の契機となったのが、イタリア民話の編纂でした。『イタリア民話集』（一九五六）としてかたちになるこの編纂作業を通して、カルヴィーノは物語の可能性、とりわけ民話がもつ融通無碍《むげ》な語りのあり方を発見し、その効能に確信を抱くようになったのではないでしょうか。

それゆえに、カルヴィーノの作品には、いつもリグーリアの海と街、そしてそのすぐ背後に広がるアルプスの山麓と村、そこに降り注ぐ陽の光が、読者の視界に射し込むようにして描かれているのだと思います。

2.

モンターレに学んだ、故郷の風景の読み方

このようなカルヴィーノの風景との向き合い方、そしてそれを作品に投影する方法の確立を促したもっとも大きな存在として、エウジェニオ・モンターレ（一八九六〜一九八一）というノーベル賞詩人の名前を挙げておきたいと思います。

カルヴィーノは、「モンターレの本を通して、リグーリアのわたしの風景を読むことを習った」「わたしにとっては、彼の精神のありようがことのほか大切だった」と振り返っています。カルヴィーノはレジスタンスのさなか、ファシストに捕らわれ、明日にも処刑か、という状況のなかで、両親に宛てた短い遺言のようなメモにこの言葉を記しました。

とりわけカルヴィーノに大きな影響を与えたのは、「少年時代の終わり」という詩だと言われています。その詩については、モンターレの活躍した街・ジェノヴァの章であらためて味わいたいと思います。

さて、先ほど、カルヴィーノは民話の編纂・再話を通して物語の可能性を発見したと述べました。

イタリアを代表する女性作家ナタリーア・ギンズブルグ（一九一六〜九一）は、カルヴィーノが編んだ『イタリア民話集』を指して、次のように述べています。

ピノッキオ以来、イタリアに登場した子供向けの本としてはもっとも美しい作品だと思う。
（「太陽と月」、筆者訳†）

そして、その美しさは「文体の速さと透明性」に由来していると指摘しました。

ひとは、そこから、具体性、簡潔性、そして羽根のような軽さを学ぶことができる。そして民話集には、カルヴィーノの最初期の短篇と同じく、『まっぷたつの子爵』においても出会うあの陽気な太陽の光が全体を支配している。
（同前）

ナタリーアも、リグーリアの風景を照らし出す陽の光に着目して、それをカルヴィーノの作品の特質だと述べています。まさしく慧眼だとわたしも考えます。

次章では、いま名前を挙げたナタリーア・ギンズブルグが生まれ育った街であり、故郷サンレモを離れたカルヴィーノが、大学時代から、編集者、作家として長く関わったイタリア北部の街、トリノについて考えたいと思います。

3. 作家たちの遭遇
――パヴェーゼ、ギンズブルグとトリノ

出会いの街トリノ

カルヴィーノは、地元であるサンレモの高校を卒業したのち、レジスタンス闘争にパルチザンとして加わり、九死に一生を得て、沿海アルプスの山中から故郷に戻ります。その後、トリノ大学農学部に入部。翌年、文学部英文科に移り、西欧植民地主義の暗部を描いた小説『闇の奥』で知られるジョゼフ・コンラッドについての論文を書いて卒業します。そして一九四七年、自身のレジスタンス体験を反映させた小説『くもの巣の小道』で、作家としての華々しいデビューを飾ったことはすでに述べたとおりです。大学の卒業後も、カルヴィーノは編集者として、引きつづきトリノで長く暮らすことになります。

この街で、カルヴィーノの編集者としての、また小説家としての才能をいちはやく認め、育て

た人物が、小説家のチェーザレ・パヴェーゼ（一九〇八〜五〇）でした。

パヴェーゼは、一九〇八年にトリノ郊外の丘陵地帯にある農村サント・ステーファノ・ベルボで生まれました。編集者としての活動や英米文学の翻訳のかたわら詩や小説の創作をつづけ、イタリアのネオレアリズモを代表する作家となります。五〇年六月、長篇小説『美しい夏』（一九四九）でイタリアの三大文学賞のひとつ、ストレーガ賞を受賞しますが、新作長篇小説『月とかがり火』を刊行した直後の八月、トリノ駅前のホテルの一室でみずから命を絶ちました。そんな劇的な生涯を送った夭折《ようせつ》の作家として知られ、日本では、パリ留学中に『美しい夏』に魅せられた若いフランス文学者、三輪秀彦の手によって翻訳され（『美しい夏　女ともだち』白水社、一九六四）、当時、カルヴィーノと並ぶ人気の現代イタリア作家となりました。

そのパヴェーゼと親交のあった、ロシア文学者であり編集者でもあったレオーネ・ギンズブルグ（一九〇九〜四四）という人物がいますが、その伴侶が、最初に名前を挙げたナタリーア・ギンズブルグでした。ナタリーアは、一九一六年、レオーネ同様ユダヤの知識人家庭レーヴィ家に生まれ、トリノの街で育ちました。ちなみに、レオーネとナタリーアの第一子は、『チーズとうじ虫』などの著作を通じて、「ミクロストーリア」（ひとつの村落などのちいさな共同体や、ある出来事など、ちいさな単位を対象に、集中的な調査を行う歴史学の研究手法）で知られる歴史家カルロ・ギンズブルグ（一九三九〜）です。

この章では、パヴェーゼ、ナタリーア・ギンズブルグ、カルヴィーノらに代表される二十世紀イタリアの作家たちにとって、トリノの街がどのような空間だったのか、そしてかれらの作品にどのように描かれているのかを見ていきましょう。

3.

特殊な構造が街の滋養

その前に、トリノという街の特殊な性格、とりわけ街の成り立ちに関わる特殊性についてふれておくべきかもしれません。それこそが、ゆたかな芸術作品を生み出してきたトリノの街にとって欠かせない滋養だと考えられるからです。

ではどのような意味で特殊なのか。都市の構造を手がかりに見ていきましょう。

街の主要な骨格を歴史的な居城が形成しているという点から、巨大な管理機構を備えた近代的な「居城都市」——。ひと言で言えば、トリノとはそのように呼べる街ではないかと思います。

誰もが知る壮麗な街・パリでさえ見られないような、「柱廊《ポルティコ》」と呼ばれる柱が立ち連なる廻廊——。それがどこまでも走る街並みが、とても印象的です。トリノを列車で訪れた人は、駅を出るとすぐに、この光景を目にすることになります。

その街並みは、ほぼ百年の工期をかけ、考えに考え尽くされて生まれたものです。街の通りの並びは、シンプルな碁盤の目状になっていて、一見すると、素っ気なく、やや冷たく映るかもしれません。しかし、それを補うように、教会やちいさな庭園、噴水がしぶきを上げる井戸、騎士像や騎馬像を中央にしつらえた広場などが散在している――という具合に、見る人、歩く人の目をなごませる仕掛けが、周到かつ計画的につくられているのです。

トリノは、近代以降、世界各地の都市で見られた大規模な都市計画が起こるよりも前に、すでに壮大な都市を形成していました。十六世紀に活躍し、後世の建築家たちに多大な影響をあたえたイタリアを代表する建築家、アンドレア・パッラーディオの手がけた平明な様式の建築物。その後に現れてきた楕円曲線を特徴とする装飾的なバロック様式の建築群。さらに、古典主義的な、厳格な均衡・バランスを整えたさまざまな建物――。そうした異なる時代・様式の、しかもそれぞれ強い個性を備えた建物が、ひとつの街に点在し、それらすべてを組み込むかたちで、巨大な近代都市トリノは形成されてきたのだと言えます。

一九二三年、イタリアに興味のある方ならきっとご存知の自動車メーカー、フィアット（FIAT）――じつは「イタリア自動車工場トリノ（Fabbrica Italiana Automobili Torino）」の頭文字をとっただけの、何の変哲もない名称なのですが――の工場が、トリノの街に建造されます。通称「リンゴット（lingotto、鋳塊の意）」と呼ばれたこの工場は、フィアットの創業者ジョヴァンニ・アニェッリの意図を色濃く反映し、アメリカのフォード社のある工場を模して、七年間の歳月をかけて造り上げられました。ジャコモ・マッテ゠トゥルッコ（一八六九〜一九三四）という、未来派の洗礼を受けた近代建築家によるユニークな設計は、大変な評判を呼びました。

残念ながら、現在はホテルとショッピングセンターにその用途を変えてしまいましたが、直線的な外観の建物――当時、そこでは一万八千人の工場労働者が働いていたと言われています――は、いまもなお、トリノの街の近代性の象徴として、わたしたちの目をたのしませてくれます。

街を歩きながら上方を見上げれば、雄大なアルプスの山並みを背景に、モーレ・アントネッリアーナ――イタリア王国誕生直後にシナゴーグ（ユダヤ教の会堂）として建造され、いまは映画博物館となっているひときわ高い塔が聳《そび》え立っています。そして、十九世紀に街じゅうに広げられた、鉄とガラスからなるパッサージュ（アーケード通り）が歩行者の視界を覆います。鉄道でトリノを訪れた人が最初に出会うポルタ・ヌオーヴァ駅の駅舎も、そんなパッサージュのひとつです。映画好きの方なら、ジュゼッペ・デ・サンティスの『にがい米』（一九四九）やミケランジェロ・アントニオーニの『女ともだち』（一九五六）の印象的なシーンが思い浮かぶかもしれません。

パヴェーゼの故郷と都会のトリノ

近代都市トリノの特徴についてはこれくらいにして、この街で暮らし、出会った作家たちの作品を読んでいきましょう。

最初の手がかりは、いまほど名前を挙げた映画『女ともだち』の原作にあたる、チェーザレ・パヴェーゼの『孤独な女たち』（一九四九）という中篇小説です。

映画でエレオノーラ・ロッシ＝ドラーゴが演じたヒロインのクレリアは、街の目抜き通りでブティックの店員をしています。ローマにアトリエをもっている経営者がトリノにあらたにもうひとつアトリエを開こうと、ふだんから優秀な仕事ぶりのクレリアに差配を託すことに。そのさなか、ある自殺未遂事件に遭遇したクレリアは、その当事者の女性ロゼッタと交流をもつようになります。二人の関係が物語を撚《よ》り成し、ついにはクレリアが都会で成功する夢をあきらめて故郷へ去ってゆく――。都会であるトリノの、美しくきらびやかな夜景の背後にひそむ荒廃とすさんだ心を、陰影ゆたかに描いた佳作です。

ここには、作者パヴェーゼ自身の故郷、アルプスの麓にひろがる「ランゲ」と呼ばれる丘陵地帯の村、サント・ステーファノ・ベルボの《遠景》としての、都会トリノのすがたが投影されていると言えるでしょう。

視点を変えて、都会側から眺めると、今度は故郷の丘陵地帯が都会の《遠景》になりますが、都会と故郷、その両者の関係を、歳月の変化に照らして伝えているのが、パヴェーゼがみずから命を絶つ直前に完成させた長篇小説『月とかがり火』（一九五〇）です。

主人公は、第二次世界大戦のさなか、故郷を離れてアメリカに逃れ、戦後帰国した男。離れていたあいだに変貌を遂げた故郷を男がどう受け止めたのか、そして過去の自分とさまざまなゆかりある人びととの関係を、帰郷したいま、どう捉え直したのか――。失われた時間をもとめてアメリカから故郷に舞い戻った男の「帰郷の物語」は、一九六〇年代から七〇年代半ばにかけて、イタリアはもちろん、フランスや日本の若い読者を大いに魅了し、パヴェーゼを抵抗と挫折の作家として神格化すらさせた、遺作にして代表作でした。

3. パヴェーゼが歩き、眺めたトリノ

パヴェーゼがトリノの街を、詩のかたちでどのように描いているのかを見てみましょう。代表作の詩集『働き疲れて』（一九三六）の、表題作の冒頭からです。

　　家出するために道を横切るのは
少年だけのすることだ。けれども一日じゅう道から
道を歩きまわっているこの男は、もはや少年ではない、
そして家出をするわけがない。

　　　　夏の日の午後には
沈みかけた太陽の下で、広場までが
虚ろに広がるときがある、

ここで「道を横切る」人物が歩いている場所がトリノであることは、つづけて読んでいくと徐々に明らかになります。

無人の広場でいくら待っても、むろん、誰かに
出会うわけではないが、道を歩きまわる者は
ときどき立ち止まる。もしもふたりならば、
たとえ道を歩いていっても、あの女のいるところに
家はあるだろう、その価値はあるのだろうか。
夜更けに広場は無人にかえる、そして
過ぎゆく、この男は、家並を見ない
無用な灯のあいだに、もはや目をあげない。
ただ舗石を感じている、自分と同じように
強張った手をして、ほかの男たちが造ったのだ。
無人の広場にいつまでいても仕方ない。

（『パヴェーゼ文学集成6　詩文集 詩と神話』、河島英昭訳、岩波書店）

こうして「働き疲れて」は、終局へと向かっていきます。ナタリーア・ギンズブルグによれば、

3.

パヴェーゼは「働き詰めだった」、いつ見ても忙しそうに立ち働いていた――。そういう印象があったようですが、一方でそれは、いつも子どもっぽさをにじませる働きぶりだった。その片鱗が、この詩からもうかがえます。

ここでパヴェーゼは、家出をしようと道を横切っていく男の存在に焦点を当て、ことさら突き放すようにして描いている。それは、そうした欲求に抗うことの困難を心得ているからこそだと言ってもいいかもしれません。もはや少年ではないこの男――。それは、なかなか少年から抜け出すことのできないパヴェーゼ自身のすがたに重なって見えてきます。

『働き疲れて』という詩集には、トリノの風景を彷彿とさせる詩がほかにもたくさん収められています。たとえば、「デオーラの思い」と題された詩。街のカフェに腰掛けて夜明けに目を凝らしている人物が、夏の盛りに、街が目覚めるのを見つめている。目の前を人びとが行き交う――。兵隊に工場に向かう労働者、清掃作業に向かう女性たち。そうして座っている人物、そのすべてがデオーラという一人の女性の視点で描かれているのでしょうか。

この詩の終わり近くに、鏡に映った横顔の描写が出てきます。つまり、街を見ている女性のことをさらに見ている鏡が、そこに表されている。街が抱える複雑な多層構造が、女性の横顔に投影されるかたちで描かれているのです。

あるいは、「灼けつく土地」。かつてトリノに暮らし、いまはトリノを離れた若者たちが街をどう見ているだろうか、と想像したという美しい詩です。都会であるトリノにいると、海はとても遠い存在に思えるのですが、この詩のなかでは、トリノの街が内陸にあるがゆえに、あるいは丘陵地帯に囲まれているがゆえに、よりいっそうあこがれを募らせる存在として、海が描かれています。

河島英昭の訳による「灼けつく土地」は、ぜひ一度読んでほしいと思います。「独りぼっちでタバコを吸う、自由な種類の娘たち」「カッフェで、友だちのように。彼女らはいつでも若い」といった表現で、トリノの街の風俗描写がちりばめられていて、パヴェーゼがどんな風情、どんな足どりで街をさまよっていたのか、そのときかれの目には街の人びとがどのように映っていたのかを、鮮やかに思い描くことができます。

二十世紀イタリア文化の拠点、エイナウディ社

トリノといえば、すぐに名前の浮かぶ出版社があります。エイナウディ社――。気質から言っても歴史的役割から言っても、日本で言えば岩波書店によく似た老舗出版社です。

ジュリオ・エイナウディ――現代音楽の愛好者ならおそらくご存知の作曲家・演奏家ルドヴィコ・エイナウディの父親が、一九三三年、ポルタ・ヌオーヴァ駅にほど近いアルチヴェスコヴァード七番地で創業しました。

そのエイナウディ社の協力者として、パヴェーゼが、のちにはカルヴィーノが加わることにな

3.

ります。ナタリーア・ギンズブルグの夫、レオーネ・ギンズブルグもその一人です。ほかにも、法哲学・政治思想史の泰斗ノルベルト・ボッビオ（一九〇九〜二〇〇四）をはじめ、錚々《そうそう》たる学者や知識人が、続々とこの気鋭の出版社に集ってきました。

興味深いエピソードとしては、イタリアで最初にミッキーマウスの本を刊行したのも、アメリカ文学を代表する作家ハーマン・メルヴィルの『白鯨（モビー・ディック）』のイタリア語版を出版したのも（それによって、パヴェーゼはアメリカ文学の翻訳者として脚光を浴びることになりました）、エイナウディ社だったのです。

その後、時代の荒波にもまれ、一九九四年には二度目の買収に遭い、残念ながら、現在は元首相シルヴィオ・ベルルスコーニの一族率いる巨大出版社・モンダドーリ社の傘下に収まっています。しかし、二十世紀イタリアの哲学、文学、思想の中核を担ってきたのがエイナウディ社であるという事実は、けっして揺らぐことはありません。

ここで、一枚の写真についてお話ししたいと思います。

一九三二年の春、ファシスト体制がはじまって七年余が経ったころに、パヴェーゼの故郷サント・ステーファノ・ベルボで、四人の人物が石塀に腰を下ろしているところを撮った写真です（次ページ）。いちばん左にパヴェーゼ、その隣にレオーネ・ギンズブルグがいます（残りの二人も有名な編集者であり、作家でもある人物です）。この写真は、翌三三年に誕生するエイナウディ社の、門出の先触れとなるものだった——。そのことに注目したいと思います。

いちばん左がパヴェーゼ、その隣がレオーネ・ギンズブルグ。1932年、サント・ステーファノ・ベルボにて撮影

ただ、レオーネもパヴェーゼも、希望に満ちた企てののちにたどることになる運命を知りません。レオーネは、内戦下のローマでナチスの親衛隊ＳＳの拷問により獄中死を遂げることになり、パヴェーゼは先にも述べたように、みずから死を選ぶのです。

この写真を見るたびに思い出すのは、創業時のエイナウディ社があった場所――社屋は現在、「ビアンカマーノ（白い手）」という通りに移転しています――に掲げられている、ラテン語で刻まれた社訓のような一節です。

――精神はもっとも苛酷な事態にも打ち克つ（Spiritus durissima coquit）

トリノの街も、このあと十数年のうちに、ファシズム体制下での弾圧、ユダヤ人迫害、そして一年半におよぶ内戦、空爆による破壊と、苛酷な運命をたどることになります。

3.

ナタリーアとカルヴィーノの邂逅

つづいて、ナタリーア・ギンズブルグと、カルヴィーノ、パヴェーゼとの関わりについて見ていきます。

まずは、ナタリーアとカルヴィーノ。二人はいつ、どのように出会ったのか。ナタリーア自身の証言を読んでみましょう。

わたしがカルヴィーノと出会ったのは、一九四六年、トリノのエイナウディ社の玄関ホールの暖炉の前だった。（『太陽と月』、筆者訳†）

ナタリーアはこう書き出します。

雪の降る朝で、どんよりと暗く、ホールには灯りが点《とも》っていた。カステッラモンテ産の、触ると手が赤らむあのタイル張りの暖炉だった。（中略）わたしたち、わたしとカルヴィーノは、とても長いこと話をした。暖炉の前に立って。（中略）覚えているのは暖炉と外の雪だ。でも何を話したかは記憶にない。多分物語についてだ。（中略）わたしの偶像《アイドル》は当時ヘミングウェイで、それがカルヴィーノの偶像《アイドル》であることも聞いていた。かれもわたしも、『白い象のような丘』みたいな物語が書けたら、人生の十年を差し出しただろう。（同前）

ヘミングウェイを蝶番《ちょうつがい》にするかたちで、二人の出会いを懐かしげに語っています。カルヴィーノのデビュー作『くもの巣の小道』刊行の三週間足らず前の出来事でした。作家としてデビューする直前のカルヴィーノと、まだ「男のように書く」という呪縛からみずからを解き放つ術を知らないナタリーアが、エイナウディ社で出会っていたのです。

3.

辛辣で愛情にあふれた、ナタリーアのパヴェーゼ評

では、ナタリーアとパヴェーゼはどのようにして出会ったのでしょうか。

二人の関わりを記した文章は数多く残されていますが、とくに紹介したいのは、『小さな徳』（一九六二）と題されたエッセイ集に収められたものです。タイトルは「ある友人の肖像」。「ある友人」がパヴェーゼを指すことは、言うまでもありません。そこには、パウヴェーゼとトリノの街の関係が見事に描かれています。

たとえば、その冒頭。


駅のコンコースを横切って並木道の霧のなかを歩いただけで、わが家にいる気持ちになる。

（『須賀敦子の本棚3　小さな徳』、白崎容子訳、河出書房新社）


久しぶりにトリノに戻ってきたナタリーアのこの感慨は、トリノの街を知っている人、それも冬に汽車でやってきたことのある人であれば、駅から一歩街に踏み出した途端に覚えるはずの感覚だとすぐにわかるのではないかと思います。

この街で、ナタリーアもパヴェーゼも、もちろんカルヴィーノも、自分たちの青春時代を過ごしたのです。もう少し先には、こんな言葉があります。

この町は私たちが亡くした友人によく似ている。友人はこの町が大好きだった。町も彼に似て働き者だ。（同前）

トリノの街とパヴェーゼはとてもよく似ている――。そう言っているのです。

さらに読み進めていくと、パヴェーゼのある種、救いがたい幼児めいた性向について、ナタリーアの鋭く厳しい指摘が現れます。しかし、そこには同時に、パヴェーゼに対するナタリーアの愛情が色濃くにじんでいるようです。容赦なく辛辣《しんらつ》とも映る観察の仕方は、ナタリーアの作家としてのすぐれた資質を表しているのではないでしょうか。

パヴェーゼの駄目なところは、「いつも同じように流れて表向きは秘密などないように見える日々の生活の流れを、そのまま素直に愛そうとしない頑固なところ」だと、ナタリーアは指摘します。

そのパヴェーゼがみずから命を絶ったこと、その不在がもたらす喪失感を、ナタリーアは次のような文章で見事にすくい取っています。

3.

彼は夏に亡くなった。私たちの町は夏になると、がらんどうでだだっ広く見える。音響のよい明るい広場のようだ。空は澄んでいるけれど青みを帯びた乳白色で輝きはない。川は波も立てず道路のようにのっぺりと流れ、湿気をもたらさない代わりに、心地よい涼風を吹き込むこともない。

（同前）

ポー川を街の一角にゆうゆうとたたえているトリノの街の様子が、夏でも冬でも、川は湿気を湛《たた》えたまま、街を淀んだ大気が覆っている様子までも、いきいきと浮かんでくるようです。そして、パヴェーゼが命を絶った場所についての言及がつづきます。

私たちはだれもいなかった。彼が自らの死のために選んだのは、そんな暑さにむせ返る八月の、いつでもよいある日だった。選んだ場所は、駅に近いホテルの一室。自分のものであったその町で、よそ者として死ぬことを彼は望んだのだ。

（同前）

実際にパヴェーゼは、この短い夏のあいだ、日記に繰り返し生きることへの倦怠と嫌悪を綴っています。そして一九五〇年八月二十七日、「ホテル・ローマ」という駅前にあるホテルの一室で、みずから命を絶ちました。

トリノのユダヤ人社会とナタリーアの苦闘

パヴェーゼ、カルヴィーノという二人の作家と、ナタリーア・ギンズブルグとの関わりについて述べてきましたが、最後にナタリーアの最初の夫、レオーネ・ギンズブルグと、ナタリーアの関係についてもふれたいと思います。

ナタリーアがレオーネと結婚し、ファミリーネームがもうひとつ加わったとき、ギンズブルグという家のもっている人びとに対する不思議な吸引力と、ナタリーア自身が育ったレーヴィ家のそれとは、似て非なるものであったということに、ナタリーア本人がはじめて気づくことになった――。彼女の作品を読んでいると、そう感じることがしばしばあります。

その差異の感覚とはいったい何なのだろうか。もしかしたら、ナタリーアが小説『ある家族の会話』(一九六三)のなかでみずから探り当てた自分の言語形成の痕跡が、夫レオーネの家には認められなかった、ということなのではないでしょうか。ともにユダヤ人知識階級の家庭であるという点においては、きわめて似通っていたはずの両家ですが、ナタリーアの育った家にあったのは、裕福なユダヤ人家庭の伝統的な――因習的な、と言ってもよい――家族関係のありようであり、彼女はそのことを、まだ言葉にはならないけれども鋭敏に、女性であるがゆえの抑圧感を伴って感じ取っていたのでしょう。一方、ギンズブルグ家に備わっていた力は、文化人や知識人たちを引き寄せる開明的なものでした。生活のなかで飛び交う家庭言語という観点から見ると、両者の性質はひどく隔たっていたのかもしれません。

この点は、『ある家族の会話』を丁寧に読んでみると、より鮮明に浮かび上がってくるように思います。

冬が終わりかけたころ、ローマで投獄されていたレオーネがトリノに戻ってきます。そしてパヴェーゼと夕食をともにする場面で、二人の関係はこのように描かれます。

ふたりはずっと前から友だちだった。パヴェーゼも流刑地から帰ったばかりだった。不幸な恋をして破れたばかりの彼はそのころひどくふさいでいて、夜になるとレオーネのところにやってきた。外套掛けにリラ色の襟巻と背バンドのついた外套をかけると、食卓の前の椅子にすわった。レオーネは片ひじを壁につけて体を支える姿勢でソファに腰かけていた。

ここに来るのは、べつに勇気があるからってわけじゃない、とパヴェーゼは言った。「ぼくは勇気なんてない。ましてや犠牲的精神を発揮してやってくるのでもない。夜になるとほかにすることがないからここに来る」

ひとりで夕食後の時間をすごすのがパヴェーゼには耐えられなかったのだ。

(『ある家族の会話』、須賀敦子訳、白水Uブックス)

レオーネとパヴェーゼの関係を描写しながら、ここにもナタリーアの容赦ない批評的眼差しが注がれていることが読み取れるでしょう。

『ある家族の会話』は、ユダヤ人の知識人家庭が抱えていた、特殊な生活の様子がよくわかる小説であり、同時に、ナタリーアが、女性であるがゆえに蒙《こうむ》る無数の理不尽な抑圧と、その抑圧をどうやって跳ね返して、みずからを解放し、言葉を繰り出すという手立てによって前進するかという、彼女自身の葛藤・苦闘の記録がかたちになった作品です。そこに描かれている事柄からは、戦前、戦中、そして戦後のトリノのユダヤ人知識人家庭の送っていた暮らしぶりが、とてもいきいきと手渡されているように感じられます。

トリノの街と作家たちの関係について、ナタリーア・ギンズブルグを軸として、チェーザレ・パヴェーゼ、イタロ・カルヴィーノという二人の作家と、この三者を深くつなぐことになる出版社・エイナウディ社に焦点を当てて見てきました。

トリノは、二十世紀を通じてイタリア文化を牽引してきた、知識人たちにとっての一大拠点であったわけですが、では、そこで市井の人びとはどう暮らしていたのか。次章ではその点に意識を向けたいと思います。

4. 子どもと労働者の街トリノ

――『クオーレ』と『マルコヴァルド』

都会のなかのマルコヴァルド

トリノ、そしてイタリアを代表する三名の作家の関係を軸に街のすがたを考えた前章から、今度はそんな知識人たちの拠点トリノで日々営まれる、市井の人びとの暮らしを見つめながら、あらためてトリノの街を歩いてみましょう。

まずはその手がかりとして、イタロ・カルヴィーノの連作掌篇『マルコヴァルドあるいは都会の四季』（一九六三、以下『マルコヴァルド』）から浮かび上がる、トリノによく似た街のすがたを眺めることにしましょう。この作品は、日本では安藤美紀夫による『マルコヴァルドさんの四季』という邦題で知られています。

主人公のマルコヴァルドとはどんな人物なのでしょうか。作品の描写によれば――ひょろりとした中年男性でリューマチの持病あり。とある会社の従業員で、仕事は積荷作業。積荷の中身は得体が知れず、どの箱にも謎めいた《SBAV》という商標が。読者は、マルコヴァルドの勤める会社が最後まで何をつくっているのか不明のまま、めぐりくる四季を五度、マルコヴァルドとともに過ごしていきます。家族は、少々口うるさい妻と六人のやんちゃな子どもたち。都会の片隅で、最初は半地下、ついで屋根裏と家移りをして、質素に暮らしています。

「都会」と言いましたが、物語のなかで街の名が特定されることはありません。この「都会」には大きな川が流れていて、周囲は山に囲まれているとあるので、作者であるカルヴィーノが暮らしていた街トリノによく似ていることは確かです。でも、時どき、もうひとつの都会、ミラノに似た街並みも顔をのぞかせます。

現代の寓話としての《都会》

そもそもマルコヴァルドがいつどこから、この《都会》にやってきたのか、語り手が明かすことはありません。彼が田舎や自然をとても懐かしんで、舗装道路やビルの隙間からのぞく草花の緑や青空の切れ端に目を凝らす毎日を送っていることはわかります。無邪気で楽天家、空想家ゆえ、家族のためにとあれこれ奇抜な思いつきを実行に移すのですが、きまって上首尾には運ばず、家族にも読者にも、ほろ苦い失望とほのぼとした失笑を残しては、また懲りずに繰り返す――。

そんなチャップリンを想わせる人物として描かれています。

カルヴィーノ自身が言うとおり、マルコヴァルドは「現代の寓話」の主人公なのかもしれません。

4.

マルコヴァルドさんは、都会の暮らしにはあまり都合のよくない目をした人でした。みんなの目を惹《ひ》こうと工夫を凝らした看板も信号機も、ネオンサインも広告のチラシも、マルコヴァルドさんの目には、まるで入りませんでした。そんなものは、砂漠の砂みたいにしか見えないのです。ところが黄色くなって枝に残る一枚の枯葉、屋根瓦に引っかかった一枚の鳥の羽根といったものは、けっして見逃すことはありません。馬の背に止まったアブ、机に開いた虫喰い穴、舗道の上の、踏み潰されたイチジクの皮などにも、マルコヴァルドさんは必ず気づいて世間話の種にするのです。そしてそこから、季節の移り変わりをあらためて感じ、自分の心の中の望みや、毎日の暮らしの惨《みじ》めさに、あらためて気づくのです。

（『マルコヴァルドさんの四季』、安藤美紀夫訳、岩波少年文庫、一部改訳）

田園の自然への回帰にあこがれるマルコヴァルドには、季節の訪れや動植物の様子といった身のまわりの変化を発見する能力が備わっているけれど、かれを取り巻く世界は敵意ばかりを振り向けてくる。それでもけっして悲観することなく、日々の暮らしのなかで問いかけつづけていると、いつの間にか自分に見合った隙間のような居場所が見つかり、気を取り直しては再始動する――。見方によっては、頑固で頑迷、あきらめを知らない人物とも言えるマルコヴァルドの日常が、わたしたち読者に、思いもかけない《都会》の素顔を垣間見せてくれます。

「都会のキノコ」「市役所のハト」といった挿話のように、ときに戯画めいた小噺《こばなし》の舞台として。あるいは、「おかず入れ」「よい空気」など、苦いリアリズムの上出来な短篇の舞台として。はたまた、「ちいさなベンチの別荘」に描かれるような、月光と信号の黄色の対比がもたらす新鮮な体験の舞台として。さらには、「毒入りウサギ」「まちがえた停留所」のように、内面に風景が、風景に内面が滲透《しんとう》する作用の現場として――。《都会》は、マルコヴァルドの目によって、次つぎと発見をあたえてくれます。「高速道路の森」「月とニャック」「サンタクロースの息子たち」などの物語に描かれているのは、戦後の苛酷な現実を都会の《寓話》として描くことでしか叶わない、ゆたかな暮らしぶりなのかもしれない――。そう思えてきます。

たとえば冬のトリノの風景は、マルコヴァルドの目にはこのように映ります。

窓を開けてみた。町がなくなって、代わりに一枚の白い紙があるみたいだった。目を凝らして見ると、その白一色のなかに、殆ど消えかかった線が何本か、いつも見慣れた電線のあるあたりだ。窓や屋根、それに街灯もあったはずだ。ところが、それが夜の間に降った雪をかぶって、すっかり元のすがたが分からなくなっていた。

——

（「雪で迷子になった町」、『マルコヴァルド』、筆者訳†）

ある朝、夜半の雪で一変した街の様子を家の窓から発見した主人公マルコヴァルドの言葉です。雪で覆われることで、日ごろさまざまなかたちで自分を苛《さいな》みつづける残酷な《都会》トリノの顔が掻き消される。雪はそんな弾む気分にしてくれる——。カルヴィーノは、マルコヴァルドの発見に託してそう言いたかったのでしょう。同じように、都会のなかの、苛酷な現実を一瞬掻き消してくれるような出来事に遭遇する仕合わせが、『マルコヴァルド』という作品集にはあちこちに描かれています。

4. 未来の社会の担い手へ託された物語

『マルコヴァルド』には、ぜひ指摘しておきたい特徴があります。それは、物語のなかで、子どもたちだけがありのままの存在として登場し、けっして戯画的には描かれないという点です。

大人の登場人物は、ある種、象徴的な存在として描かれており、それは名前の付け方を見ても明らかです。『マルコヴァルド』に登場する大人たち——清掃人、夜警、失業者、倉庫係といった、倹《つま》しい職業に就いている人——には、アストルフォやヴィリジェルモなど、中世騎士物語詩に登場する堂々たる英雄たちの名前が意識的に選択されています。主人公のマルコヴァルドという名も、十五世紀の中世騎士物語詩『モルガンテ』に出てくる異教徒の巨人から拝借したものなのです（その巨人は、騎士オルランドの手に掛かってあえなく落命してしまうのですが）。そんな立派で勇ましい名前をもちながら社会からは顧みられることのない大人たちとは対照的に、子どもたちだけが普通の名前をあたえられ、のびのびと生きている――。この設定こそ、作者カルヴィーノの意図が反映されたものだと思えます。いまを生きる真の英雄はどこにいるのか、その手がかりを名前に託したようにみえるからです。

自然への郷愁を抱きながら、現代の《都会》のただなかで「現代の寓話」を生きるマルコヴァルド。カルヴィーノの手によって、かれがはじめて短い物語のなかにすがたを現したのは、一九五二年九月のことでした。そこから連作として書き継がれ、「児童書」のかたちにまとめられて店頭に並ぶことになった六三年までの時期は、「奇跡の経済復興」と呼ばれる、イタリアの急速な拡張転換期とちょうど重なっていました。その時代のイタリアを生きた人びと――田舎の故郷をあとにして工業都市トリノという《都会》で、ときに虐げられ、ときに途惑い、ときに憤りながら、苛酷な現実を懸命に暮らす人びとの存在と、そしてかれらが出会ったかもしれない日々の「発見」や「仕合わせ」を、マルコヴァルドという人物の目を通して、カルヴィーノは伝えようとしたのかもしれません。それもとりわけ、若い読者たちに向けて。

カルヴィーノの願いは、十分に果たされたと言えるでしょう。『マルコヴァルド』は発売後まもなく、まず中学校の読本としてイタリア全国で採択され、ついで小学校教科書に幾篇もの物語が収められると、マルコヴァルドは、イタリアの子どもたちの誰もが知る物語の主人公となって、今日まで読み継がれているのですから。刊行から四半世紀のあいだに販売部数が百三十五万部を超えているという事実も、それを明らかに示しています。

未来の社会の担い手に、物語をとおして、《都会》の現実を見る目を伝える、その可能性をひらく――。カルヴィーノが若い読者たちに託した思いは、そこにあったのかもしれません。

4.

『クオーレ』のトリノ

『マルコヴァルドあるいは都会の四季』に先駆けること七十七年、同じように、急速に変貌を遂げつつあるイタリア社会のなかで、若い読者に未来の担い手としての期待を託して送り出された物語があります。一八八六年秋、イタリアの初等学校の新年度のはじまりに合わせて発売された、エドモンド・デ・アミーチスの『クオーレ』です。

物語の舞台は、一八六一年のイタリア統一から二十年を経たトリノの街。作品の執筆と同時代です。トリノは、はからずも「イタリア」の名をはじめて冠した統一国家、イタリア王国の最初の首都となりましたが、『クオーレ』刊行時点では、王国の首都は、フィレンツェを経てさらに南下し、ローマへと遷《うつ》っていました。

物語の語り手は、主人公であるエンリーコ・ボッティーニという、初等学校（小学校）三学年の男の子です。時間の枠組みとしては、一八八一年十月十七日にはじまり、翌八二年七月十日に終わる――つまり、イタリアの学校の一年間を描いています。

物語の中心をなすのは、エンリーコによる一学年分の日記という体裁の文章です。そこに毎月末、先生による講話を一人の生徒が書き取って清書した「今月のお話」という比較的長い物語が挿入され、さらに、エンリーコの家族（両親と姉）による忠告を目的とした手紙のような文章が、時どき挟まれます。つまり、十一歳の子どもが綴った言葉、大人による創作の言葉、そして身内の日常の言葉――三層の異なる種類の言葉によって、物語は構成されています。

新興の首都に生じた〝歪み〟

イタリア統一から二十年、統一国家はまだ生まれたばかりの時期でしたが、この物語自体が、そんなイタリア王国の縮図のようだと言えるかもしれません。発展をつづける新しい国への期待感と同時に、そこにある《歪み》もふくめて。たとえば、大都市トリノにおける移民の問題と、その移民を生み出すイタリア国内の南北間格差の問題。また、トリノの街自体が抱える貧富や衛生状況の著しい格差の問題。そうしたさまざまな格差が、『クオーレ』という物語には、きわめて克明に描かれています。

十九世紀後半のトリノはどのような状況だったのでしょうか。イタリア統一当時、トリノの人

デ・アミーチス『クオーレ』初版（1886）

口は二十五万人あまりだったという記録があります。そしてそのうち三万人ほどが、劣悪な衛生環境のもと屋根裏で暮らしていたといいます。労働環境は劣悪極まりなく、イタリア統一後の十年間に若年労働者数は三倍近くにふくれあがり、三十万以上にのぼったと言われています。そうして働くことになった子どもたちは、大人の五分の一の賃金で、大人と同じ一日十五時間働くことを強いられたそうです。

他方で、主人公のエンリーコ少年は、物語の冒頭で、三ヶ月におよぶ夏の休暇を別荘で過ごし、両親と一緒にトリノに帰ってきて、さあ明日から新学年、学校再開だと心躍らせています。

十月

始業式の日

十七日、月曜日

きょうは始業式の日。いなかで過ごしたあの三ヶ月のヴァカンスが夢みたいだ。けさはかあさんがバレッティ校まで連れてきてくれた。ぼくを三年生のクラスに登録する必要があったからだ。ぼくはいなかのことで頭がいっぱいで、学校にいくのは気乗りがしなかった。通りはどこも子どもたちであふれかえっていた。町に二軒ある本屋さんは、ランドセルや

4・

紙ばさみやノートを買いにきたおとうさんやおかあさんでいっぱいで、それが学校の前までくると、もっと大勢になって、用務員さんとおまわりさんが校門の通り道をあけるのにずいぶん苦労するくらいだった。

（『クオーレ』、筆者訳、岩波文庫）

こうしてはじまる『クオーレ』の物語を読み進めていくと、主人公エンリーコのように裕福な子どもたちと、学校をつづけられずにやめていく子どもたち、あるいは学校に通うことさえできずに毎日働いている子どもたちが、同じ街のなかで暮らしている――。そんな当時のトリノ社会の現実を、読者は次第に目の当たりにすることになります。

たとえば、物語の序盤にある「カラブリアの男の子」という一篇には、「移民の街」としてのトリノの側面が色濃く表れています。当時、大都市であるトリノの街には、イタリア全土のあらゆるところから――主には南の地域から、職をもとめて多くの人が、家族全員を引き連れて移動してきました。そうしてトリノにやってきた移民の子どもたちが、語り手エンリーコのクラスメイトとして、物語のなかにゆたかに描かれています。

校長先生が、新入生をひとりつれてはいってきた。

顔の浅黒い男の子で、髪の毛も大きな眼も黒くて、濃い眉毛《まゆげ》がひたいで一本につながっているみたいだ。洋服まで黒ずくめで、腰には黒いモロッコ革のベルトをしている。

（同前）

こうして登場した少年を担任教師がクラスに紹介し、生徒たちからは歓迎の拍手がわき起こります。そして転校生が着席すると、教師は次のように生徒たちを諭します。

「これからきみたちに話すことを、よくおぼえておいてほしい。レッジョ・カラブリアの子がトリノにきても、わが家にいるのと変わらず過ごせたり、トリノの子がレッジョ・カラブリアにいっても、わが家と同じに暮らせる――そんなことができるのも、わたしたちの国が五十年間の戦いで、三万人のイタリア人を亡くしたおかげなんだ。だからきみたちには、たがいにうやまい、なかよくしていく義務がある。けれどももしも、きみたちのなかに、わたしたちの同級生がこの地方の生まれでないからといって、いじめるようななかまがいるとしたら、そのひとは、三色旗が通るときに、二度と目を上げてみつめる資格などありません」

（同前）

国家統一からまだまもない統一イタリア、しかも統一運動を牽引してきたサヴォイア王家の街トリノだからこそ抱ける、自負のような心持ちが色濃くにじんでいて、興味深い場面です。

4.

社会の背景として埋め込まれたキャラクター

しかし、これはこの物語自体の、あるいはデ・アミーチスという作家の限界と言えるのかもしれませんが、このようにして描かれる子どもたちの内面は、必ずしも鋭く切り取られているようには感じられません。人びとのすがた、とりわけ子どもたちの描写は、むしろ、生まれたばかりの統一国家という不安定な社会のなかでもがきうごめく人びと、というある種の「典型例」として描かれているようにも感じられます。それは、この物語においてはどの登場人物も、それぞれにあたえられた環境を打ち破ったり、変化させたりする可能性をとざされている状況にあるためでしょう。つまり、物語のはじめから終わりまで、ゆたかなブルジョワジーはブルジョワジーとして、プロレタリアはプロレタリアとして、いずれも変わることのないキャラクターとして描かれている。そして、そのまま物語のなかに埋め込まれ、社会の背景、典型、実在しないモデルとして描かれている——。そのように感じられます。

たとえば、物語のなかでは、公教育の場で「言葉を教える」ことが普通のこととして行われている。それまで異なる国であり、異なる文化をもつ集団だったものが、国家としてひとつに統一されたばかりのイタリアにおいて、「共通の言葉を教える」ということは当然ながらはじめての試みです。そこで教えられるべき言葉は、実際にはまだ存在しない《国語》、人びとの日々の言葉とは異なる、共通言語としてのイタリア語です。そんな微妙な問題をはらむことを、所与の事実であるかのごとく、いわば無批判に描いているあたりに、違和感を抱かずにはいられません。ただ、《国語》とはなにかということを、現代に生きるわたしたちが捉え直すための、格好の手がかりとして読むことはできるかもしれません。

描かれた子どもたちの心情のゆくえ

『クオーレ』の物語が展開するトリノの街の空間は、街の比較的中心部に限られています。たとえば、王宮や庭園などのある街の中心地・カステッロ広場を起点にして、学校に行くにはどのくらい時間がかかるのか。あるいは、ヴィットリオ・エマヌエーレ劇場に、表彰式を行うために子どもたちが呼び集められるとき、学校からそこに行くまでの所要時間はどのくらいなのか。そのような物語に描かれる地理を、実際に歩いたり、あるいは地図を使って計算してみると、どんなに遠いところでも、大人の足で歩けば三十分はかからないくらいの距離になっています。

そんなけっして広くはない街のなかで描かれる、子どもたちのすがたを想像してみましょう。たとえば、鉄道員の子ガッローネは、エンリーコがあこがれる優等生で、正義感の強い模範的生徒です。しかし、あるときかれに、母親の死という不幸が降りかかる。そのとき、エンリーコはどんな反応を示したか。そこではある種の同情めいた感情は強く示されるものの、現代のわたしたちが感じる意味での《共感》なのかというと、どうもそうではないような気がします。

4.

十九世紀末において、一部の知識人のあいだには、博愛主義的な、あるいは人道主義的な社会主義——社会的・公的事象や出来事に対して示されるべき、規範的なふるまいや寄り添い方が、まだ深く浸透していました。エンリーコの態度は、身近なところで起きた個人的な不幸に対して、まさにそのような公共的なふるまいを示したものなのではないか。それはたしかに同情ではあるけれど、エンリーコという一人の人間の、心からの共感とは言えない。やはりこれもひとつの典型例、規範としての同情であって、目の前に存在する不幸な現実や、それをもたらした不条理な社会構造を変革するための契機にはなりえない。

そうであるがゆえに、この物語は、登場する人間——とりわけ子どもたちが、都市の空間のなかの点景、背景としてしか描かれない、という結果に落ち着いてしまったのではないでしょうか。

唯一、この物語のなかで、一人の人間としていきいきと描かれている子どもがいます。フランティというその悪童は、ほかの子どもたちがどんなに真剣にふるまっていても、どんなに深刻にしていても、それらすべてを笑い飛ばす力をもっています。ただ、残念なことに、この魅力的なフランティ少年は、ほんの一瞬登場しただけで、放校処分というかたちで、この長い物語のなかからすがたを消してしまうのです。

それ以外の登場人物については、この統一まもない国が、大量に生み出し育成しはじめていた「小市民」と呼ぶべき存在に対して、読み手が肯定的に捉え、共感するような仕組みで描かれているように映ります。

大歓声を送る心の奥底は

『クオーレ』という作品のすぐれている点は、当時の生活や出来事の詳細を、細部までくっきりと描き出しているところでしょう。統一王国最初の首都である、大都市トリノ。そこを目指してイタリア各地から、人びとが、そして子どもたちが、続々と集ってくる、その様子がいきいきと描かれています。

エンリーコたちの学校での一年間が終わるひと月前、六月十三日には「国の祝日」、イタリアを称える日があり、そこでは愛国の言葉が連ねられます。

国の祝日には、こんなふうに祖国を祝うものだ。

――わが故国、イタリア、気高くいとしい大地。父、母が生まれ、眠る場所、わたしが生き、そして人生を終えたいと思う場所、わが子らが成長し息をひきとる場所イタリア。美しきイタリア、幾世紀も偉大と栄光につつまれたのち、ようやく統一され解放されたばかりのイタリア。すばらしい知性の光で世界じゅうをてらし、そしてそのために多くの勇者が戦場で命を落とし、多くの英雄が処刑された。三百の都市と三千万の子どもをもつ荘厳《そうごん》な母。息子であるわたしは、まだあなたをわからず、あなたの全体を知ることはないが、あなたを敬愛し、わたしの心のすべてで愛している。(中略)勇敢なトリノ、誇り高きジェノヴァ、学問のボローニャ、魅惑のヴェネツィア、活気のミラノ、そのどれもおなじ愛情、おなじ感謝の気持ちをもって愛している。(同前)

このような言葉を、十一歳の少年が日記にしたためることについて、デ・アミーチスに違和感はなかったのだろうか——。つい、わたしはそう自問してしまいます。しかし、統一王国の中心的な担い手たる街トリノの少年とあれば、そこに不思議はないのかもしれません。

さらに読み進めると、この国家の祝日に際して、街中に集う大勢の人たちが、大きな歓声を上げる場面が描かれます。そのなかには、トリノの街に流れ着いたさまざまな地域出身の子どもたちがいますが、かれらは途惑いを見せることもなく、一緒になって「国」を祝います。そうして描かれた子どもたちの、心の奥底にある思いはどんなものだったのだろうか——。時どき、そう考えることがあります。

いずれにせよ、『クオーレ』という物語は、トリノが新しく生まれた国の中心として、そして国そのものが近代国家へと変貌を遂げるなかで、どのようにして子どもたちを教育していったのかを——それは、ほぼ同時期、少しだけ遅れて近代国家へと歩みをはじめた日本の姿とも重なり合いながら——、わたしたち読者に訴えかけているように思います。

『クオーレ』の物語が閉じたあと、二十世紀のはじめになると、先ほど述べた博愛主義的・人道

4.

主義的な社会主義の残り火が、新しく生まれたイタリア自動車工業トリノ（ＦＩＡＴ）の中核となる工場「リンゴット」における工場占拠運動という、苛烈な、「博愛」精神抜きの「戦闘的社会主義」の労働運動という現実となって、トリノ市民の前にすがたを現すことになったことも思い合わせておきたい。労働運動のそうした流れは、工場都市としてのトリノが第二次大戦後の都市空間のなかに、一時期、「ブルーカラー」と呼ばれる工場労働者たちを抱え込むことにもつながっていきます。そして、そのブルーカラーの労働者たちのすがたを丁寧に描いた作品が、この章の前半で見た『マルコヴァルド』だったというわけです。

戦後に至って、トリノはそうした苛酷な現実を、そこに暮らす人間たちにつきつける都市空間に変貌したのだと言えるのかもしれません。それは、『クオーレ』の時代にエンリーコが見ていた「誰もがやさしい街」としてのトリノとは、かなり隔たっているように感じられます。

次章では、『クオーレ』に収められた九篇の「今月のお話」のなかでもっとも長い物語、日本では「母をたずねて三千里」というタイトルでよく知られている、少年マルコがアルゼンチンに母親を捜しに出かける物語からはじめたいと思います。

5. 旅のはじまり、謎のはじまり
――タブッキのジェノヴァ

ジェノヴァからはじまる「母をたずねて三千里」

前章の最後で名前を挙げた「母をたずねて三千里」の主人公の少年マルコは、住み込みの家庭教師の職を得て、アルゼンチンのブエノスアイレスに出稼ぎに出たまま消息が途絶えた母親の身を案じて、父親と相談のうえ、単身、母親捜しの旅に出ます。このときマルコが旅立つ港が、この章のテーマである港街ジェノヴァです。

ジェノヴァは、トリノから電車で二時間ほど。ミラノからもほぼ同じくらいの時間で往き来できる、そんな位置にあります。

ジェノヴァと聞いて多くの人がすぐ思い浮かべるのは、コロンブス（イタリア語ではクリストーフォロ・コロンボ）ではないでしょうか。一四五一年にジェノヴァで生まれたと言われています。

ご存知のとおり、一四九二年十月、いわゆる「新大陸」と言われたアメリカ大陸の〝発見〟を成し遂げ、ある意味では「世界史」という概念を変えてしまった人物と言ってもいいかもしれません。

ジェノヴァは、コロンブスが活躍するより以前、十二世紀から、自治都市・共和国として栄えてきて、一時期は、地中海で長きにわたって栄えたヴェネツィア共和国と覇権を争うほど、強大な勢力を誇っていました。その後は盛衰を経て、ナポレオンによって一時、フランスに併合されます。そしてフランス革命とナポレオン戦争によって混迷に陥ったヨーロッパの秩序を建て直すべくウィーン議定書が結ばれ（一八一五）、それによりいったんサルデーニャ王国（前章で言及したサヴォイア家の王国）に編入された後、統一国家として独立したイタリア王国の一都市となります。

物語のなかで、マルコが母を捜しにジェノヴァからブエノスアイレスに向けて旅立つのは、一八八二年という設定です。この十九世紀の終わり近くというのは、ジェノヴァの街が、まさにいま述べたような歴史的推移のなかで、都市としては著しく衰退を見せていく時期にあたります。物語の冒頭の部分ではマルコのジェノヴァでの暮らしぶりが描かれていて、かつての繁栄の名残がほとんど消えかけた十九世紀末ジェノヴァの、庶民の様子をうかがうことができます。

5.

「文学の首都」のゆるやかな衰退

文化的に見たとき、ジェノヴァという街は、たとえば十七世紀、つまりバロックの時代には、イタリアのなかでも有数の「文学首都」と呼べるような街でした。しかし、その時期に活躍したバロック文学の担い手たちは、いまではすっかり忘れ去られてしまったと言ってよいでしょう。一方、外国の文学者がこの街をどのように見ていたかについて考えてみると、フロベールやバルザック、あるいはマーク・トウェインやディケンズといった著名な作家たちがたしかにジェノヴァを訪れている。ところが、誰一人として、この街を舞台にして小説作品を書いた作家はいないという、残酷な現実があります。

唯一、『闇の奥』の作者として知られる、二十世紀のポーランド出身のユダヤ系作家、ジョゼフ・コンラッド（第三章で見たように、イタロ・カルヴィーノのトリノ大学での卒業論文は『闇の奥』についてのものでした）が、ジェノヴァの街を舞台にした『サスペンス』という小説を書いています。未完の作品でしたが、コンラッドが没した翌年の一九二五年に原書が刊行され、イタリアでは*L'aquila ferrite*（手負いの鷹）というタイトルで翻訳されました。ただ、これが唯一思い当たる例と言ってよく、文化的足跡から見ると、いささかうら寂しい感じがすることは否定できません。

文化的足跡といえば、ジェノヴァの街を代表するものとしてすぐに名前が挙がるのは、モランディ橋でしょう。一九六三年から六七年にかけて高速道路A10号線に建設された鉄骨の高架橋は、工業都市ジェノヴァの象徴とも言われます。

二〇一八年八月、そのモランディ橋が崩落する事故が起こりましたが、それから二年足らずで、ジェノヴァ出身の世界的建築家レンツォ・ピアーノ（日本では、関西国際空港を設計したことで知られているでしょう）の設計によって、新しいモランディ橋（ポンテ・ペル・ジェノヴァ）の竣工をみることになりました。

こうして現在もなお、「モランディ橋」はジェノヴァの顔と言える存在であるわけですが、「奇跡の経済復興」を経てイタリアの国全体が工業化へと舵を切って膨張をつづけていた一九六〇年代、この橋が街の発展の象徴として聳え立つときまで、長い時間をかけて、ジェノヴァは衰退を重ねていったと言えるのかもしれません。

ジェノヴァの街に足を踏み入れ、歩みを進めてみる。すると、すぐ視界に迫ってくるのは、狭い路地。それも、急な坂道のある狭い路地です。街の中心部である旧市街を歩いていても、陽の光がなかなか届かないもどかしさ、なにか暗い影のようなものを感じる。それは、この街のゆるやかな衰退とともに堆積した澱《おり》のようなものなのかもしれません。

街を抜けて海にたどり着くと、そこには明るく穏やかな光が降り注いでいる。ジェノヴァに暮らす人たちも、ジェノヴァを訪れる人たちも、街中にいるとまとわりついてくる、ある種の憂鬱な気分を振りはらおうとして、海へとのり出すのかもしれません。

5.

二十世紀に現れた詩人たち

バロックや近代までの文学的記憶はほぼ残っていないと先ほど述べましたが、二十世紀になると文学をめぐる状況は一転します。とくに、すぐれた詩人を幾人も輩出している点において、ジェノヴァはイタリア文学史のなかでも特筆すべき都市であると言えます。

とくに名前を挙げておくべきなのは、第二章でカルヴィーノに多大な影響をおよぼしたことで言及した、エウジェニオ・モンターレでしょう。一八九六年、裕福な貿易商の家に生まれたモンターレは、父親の方針で通常の学校教育からは早々に離れて専門知識を学び、会計士として働きはじめます。しかし、文学への情熱はもちつづけ、しばらく声楽を学んでバリトン歌手を夢見たのち、独学で英語、ドイツ語、スペイン語などを習得するうちに、詩作に目覚めます。そして、二十九歳のときに第一詩集『烏賊《いか》の骨』（一九二五）を発表。フランス象徴主義を思わせる抽象性が高く韜晦《とうかい》な純粋詩は、「エルメティズモ（錬金術の意）」の呼称のもと、ファシズムの憂鬱に見舞われたイタリアの若者たちを中心に読み継がれ、その心の支えとなりました。その後一九七五年のノーベル文学賞受賞を経て八一年に亡くなるまで詩作をつづけ、ペトラルカにはじまりレオパルディ、パスコリとつづくイタリア抒情詩の系譜に連なるイタリア二十世紀最大の詩人として、今なお、その評価は揺らぐことがありません。

モンターレ以外にも、日本ではあまり知られていませんが、ジョヴァンニ・ジュディチ、ジョルジョ・カプローニ、そしてエドアルド・サングイネーティなど、イタリアが誇る現代詩人たちが大勢、ここジェノヴァに生まれています。

もう一人だけ、ジェノヴァ出身の現代のすぐれた詩人を挙げるとすれば、ファブリツィオ・デ・アンドレ。ジェノヴァのみならず、イタリアを代表するシンガーソングライターです。デ・アンドレがジェノヴァを唄った——先ほど述べたようなジェノヴァの路地の、いつまでも射し込んでこない陽の光、その路地にたたずんでいる人びとの気分を代弁するような——「旧い街（La Vecchia Città）」（一九六二）という作品があります。陽が射さないから、人は海の上へと繰り出す。そうして海の上から、船の上から眺めるジェノヴァの街は、それまで感じていた憂鬱さが嘘のように美しく見える——。そんな思いを見事に伝えてくれる歌で、いまも歌い継がれています。

実在の街と架空の街の交わるところ——『遠い水平線』

この街がもつ「陰鬱さ」、あるいは衰退の結果としての旧市街のうら寂しいすがたを、見事にすくい取った作品があります。アントニオ・タブッキ（一九四三〜二〇一二）の中篇小説『遠い水平線』（一九八六）です。

一九四三年にピサで生まれたタブッキは、中短篇小説のすぐれた書き手ですが、かれを「イタリアの作家」と呼ぶことには、いささか躊躇《ためら》いがあります。代表作のひとつ『レクイエム』

5.

（一九九一）はポルトガル語で書かれた中篇小説で、またある時期からは、フランスのパリ、ポルトガルのリスボン、そして故郷であるイタリア・トスカーナを軸に、複数の都市の往来を繰り返しながら、フランス語、ポルトガル語、イタリア語と三つの言語で日常を送っていました。タブッキは二〇一二年三月に亡くなりましたが、最期の地を生国イタリアではなくリスボンと定めたのも、ポルトガルへの愛が勝ったがゆえの選択でしょう。そこには、高校卒業後、ふらりと出かけたパリのセーヌ河畔に並ぶ屋台の本屋で出遭ったポルトガル・モダニズムの詩人フェルナンド・ペソアの作品、およびその生き方に対するオマージュと、そのペソアの研究者であるポルトガル人の妻への愛と敬意もふくまれているでしょう。

そんな複雑な立ち位置をもつタブッキですが、一九七八年から九〇年の期間――小説家としてデビューを果たし、目覚ましい活躍を遂げていった時期に――、国立ジェノヴァ大学で教鞭を執り、ポルトガル文学を講じていたのでした。『遠い水平線』は、まさにその時期に書かれた作品です。

じつは『遠い水平線』は、ジェノヴァの街を舞台にした物語だとは明言されていません。街のなかの実在の場所を示す固有名もほとんど記されてはおらず、たとえば「カルボナーリ小路」「パルラソーロ広場」「カラファーティ小路」などのように、さまざまな架空の地名が登場します。

その地名には、それぞれ意味があります。カルボナーリ小路とは、ナポリ発祥の革命的な結社「カルボナーリ党」――もともと「炭焼き（carbonari）」の職人組合が組織の源流にあるとも言われています——の小路。パルラソーロ（parla solo）広場は、「独り言広場」とでも言えばよいでしょうか。カラファーティ小路の「カラファーティ（calafati）」は、港街ジェノヴァに大勢暮らしていた船の溶接職人たちを指す言葉ですから、「溶接工通り」と訳すこともできるでしょう。須賀敦子の訳による『遠い水平線』の日本語版では、物語のなかのこれらの地名を、意味をもとには訳さず、いま見たとおりイタリア語のまま固有名詞のように扱っています。

このように、この小説のなかには、実際のジェノヴァの街にはない架空の地名がたくさん登場します。しかし、そこに描写されているのは、ジェノヴァの街を歩いていたら必ず目にするような風景で、たとえば「スパッツァヴェント通り」のように、「この道が、『風の吹き抜ける（spazza vento）小路』に違いない」と感じられるように描かれているのです。

ただ、すべて架空の地名とするのは読者に不親切と考えたのでしょうか。タブッキは、「モーロ・ヴェッキオ」「サン・ドナート広場」といったジェノヴァの街に実在する地名や、名称は記されないものの、明らかに実在のジェノヴァと重なる場所を描き込んでいます。

物語の後半、第十八章のところで、「ハシバミの実を売る女の像」という彫像が登場します。これはいったい何なのか。実在の街の様子に思い合わせてみると、キリスト教徒だけでなく、他宗教、あるいは無宗教の人をもふくめて葬られるジェノヴァ最大の墓地「スタリエーノ墓地」の描写に見えてきます。また、先ほど「カルボナーリ小路」は架空の地名だと述べましたが、じつはそれによく似た「カルボナーラ坂」という坂道が、ジェノヴァには実在します。金細工の職人街界隈の「オレフィチ通り」も、どこか「カラファーティ小路」に通じている。

一方、「アモーレ・ペルフェット（Amore Perfetto）」という小路。これは「完璧な愛」の通りという意味で、いかにも物語のなかに出てきそうな名称ですが、こちらは実在の地名です。ジェノヴァの街を歩いていて、こんな空想的な地名に出くわすこともあるのだと知ると、なんとも不思議な気分になります。

架空の地名のなかにほんの少し、実在の地名がちりばめられていることによって、あるいは架空の地名の前後にある描写から、実在の街の様子に想像を広げることによって、読者はジェノヴァの街を歩いているかのように、頭のなかでその風景を再構成することができる――。そのように、この小説は仕上げられているのです。

5.

陰鬱な路地と、美しい海上からの眺め

その描写から、ジェノヴァの街のすがたがくっきり浮かび上がってくる『遠い水平線』。さらに、物語の内容を深く読み込むと、冴えわたるタブッキの見事な創作力を感じます。

主人公の名はスピーノ。タブッキは、自身が愛した哲学者スピノザの親称――というよりも、短縮名として使っていた名前――から拝借した、と作品の最後に配した「余白につけた註」と題する短い文章で述べています。

スピーノは死体安置所で働く若者です。そこにある日、ひとつの身元不明の遺体が運ばれてくる。

その男が運びこまれたのは、夜半だった。(中略)救急車が路地を入って来るときの、エンジンの音は、はっきり聴いていた。まるで、もう、打つ手はない、とでもいうかのように、あまりにも静かな音だった。死というものが、どんなにひっそりやってくるか、彼は、それがわかったように思った。(中略)

それは、街がねむっている時間だった。昼間は、一刻も停まることを知らないこの都会だが、いま、車の音はしずまって、たまに、海岸通りを走るトラックの轟音が聞こえるだけだ。夜の静寂の広がりのなかで、都会の西端を占める、月の光のような照明にてらされた、冥界の歩哨みたいな、精鋼所のひくいうなりごえだけが目覚めている。

(『遠い水平線』、須賀敦子訳、白水Uブックス)

この部分には、この病院もしくは死体安置所が、どこにあるかが明確に示されています。いわゆる旧波止場のそばにある、街の西の端にあたるところだと。

ジェノヴァの街の西の端は、もっとも寂れた地区、いまやもっとも忘れ去られた界隈にあたります。旧市街のなかでもとびぬけてうら寂しいその地区で、主人公の青年は死体安置所の管理人

5.

として働いている。そしてかれは、運び込まれた身元不明の死体をそのまま放置することができなかった。「ノーボディ」――誰でもない人――と名づけて、その正体を、身元を探ろうとする。それがこの物語の骨格になっています。

なぜそんなに熱心に探るのかと問われて、スピーノはこう答えます。

――「それでは、犬死になってしまう」（中略）「二度死なせるのと同然だ」　（同前）

物語の舞台となる街のもっとも寂れた部分、人びとの日常の視界から忘れられ排除された場所。そこを謎解きの拠点として、そこに網目のように主人公の、一見茫洋《ぼうよう》としていながらじつは緻密な行動を重ね合わせることで、それまで不可視の存在でしかなかったものたちが可視化されていく――。ここにタブッキの着眼点の独創性があるように思います。

たとえば、先ほど「ハシバミの実を売る女の像」のあるところ――作中で名指しはされませんが、おそらく、いやほぼ確実に、実在する「スタリエーノ墓地」――についての描写を読めば、タブッキがその場所をどのように眺めていたかがよくわかります。曰く、ネオクラシックの「悪趣味な」彫像がそこかしこに林立する巨大な墓地。それもあらゆる宗教が入り交じった巨大な墓地。この暗然とした墓地の様子の描写は、主人公の心のなかの混沌を映し出しているように感じられます。

一方、海から眺めるジェノヴァの街の美しさについてなんどか述べてきましたが、視線を自在に操るタブッキの手に掛かると、暗く陰鬱な気持ちにさせられる陸地の路地や街並みも、そのひろがりと奥行きによって、美しさが宿るようです。

たとえば第八章の冒頭。

ふたりはパルラソーロ広場の教会の鐘楼の下で長距離バスに乗った。塔の時計は八時をさしていた。日曜日だったので、広場はがらんとしていて、人影はなかった。（中略）バスは人影のまばらな海岸線を走った。（中略）花市場をすぎたところで、バスは急な坂の広い通りをのぼりはじめた。ゆるいカーブがいくつもあった。すこし先で、崖っぷちの道に出た。そこはもう市の外で、片側には崩れ残った古代水道の遺跡がしばらくつづいた。まもなく、田園がひろがり、森や、急な斜面につくられた段々畑が見えた。オリーヴ畑、アカシアの茂み、そして、まだ季節ではないのにいまにも咲きそうなミモザ。足元にはいちめんの海がひろがり、淡いブルーの海岸線も海も、町なかでは気づかなかったうすい靄にかすんでいた。

（同前）

あるいは第十七章のはじまり。

5.

スパッツァヴェント小路。《風の吹抜ける小路》という意味だが、傷だらけの壁が両側にせまっていて、まさにこれほどぴったりの名は他にないだろう。建物の隙間と、ほそながい廊下のような空を背景に、高いところでなびいている洗濯物のあいだから、かみそりの刃のような太陽の光線が、枯れてしまった花輪や、新聞紙や、ナイロンのストッキングなんかの、ゴミの山を照らしている、ちょうどそのあたりを、風は、渦を巻いて通りぬける。（同前）

ここには、わたしたちが沖に出て、海上からジェノヴァの街をはるか遠くに眺めたときに目にするはずの光景だけでなく、望遠鏡を覗くように、一瞬にして近寄り、自在に細部をも同時に捉える――。そんな眼差しが息づいているように感じられます。

タブッキの作家としての歩みのなかで、ジェノヴァで暮らした実体験がなければ、『遠い水平線』が生まれることはなかった、と言ってよいでしょう。

ちなみに、『遠い水平線』は一九九三年に映画化されましたが、ポルトガル人のフェルナンド・ロペス監督による映像は、タブッキの作品世界を見事に再現していると話題になりました。タブッキが生前まとめた「自作註」とも言える評論集『他人《ひと》まかせの自伝』のなかには、「検死」と題されたロペス宛ての架空書簡が収められていて、二人の共鳴ぶりがよくわかります。

モンターレの街だから

このようにジェノヴァの街を小説として美しく描いたタブッキですが、一九九〇年にはシエナ大学に移り、主な居住地もフィレンツェ——生まれ故郷のピサと同じ、トスカーナ地方の街へ移します。ジェノヴァ大学にいた十二年間だけが、リグーリア地方で暮らした、稀少にして貴重な歳月だったと言えるでしょう。

なぜジェノヴァにやってきたのか、一度、タブッキ本人に訊いたことがあります。答えは、「モンターレの街だから」。詩人エウジェニオ・モンターレの故郷だったから、自分でも暮らしてみたくてやってきたのだ、というのです。

モンターレの詩のなかで、タブッキが好んだ詩がいくつかあります。そのなかでも、とくに若いころのタブッキの印象に残った詩は、奇しくも、第二章で見たように「風景の読み方を習った」という言葉を残すほどカルヴィーノに多大な影響を与えた、「少年時代の終わり」という長詩なのです。

そこには、タブッキの小説で確かめた、ジェノヴァの街をめぐるさまざまな感情——ジェノヴァの街を海の側から、あるいは海岸沿いに移動しながら眺めるときの気分、海に出たときの晴れやかな気分、そしてもう一度陸に戻ったときによみがえってくる不安、そしてそれが成長の不安と重ね合わせられるかたちで、見事に描かれています。

5.

嵐の予感が
大気にはあった。
そんな予感も関わりがない、
しるしをつけた中庭を
まるで世界のように探検する
子どもの領分には！
ぼくらにも探るときがやってきていた。
少年時代は　まるく円のなかに消えたのだ。
ああ　葦のしげみで人喰い人種ごっこ
棕櫚《しゅろ》のひげ、破れたブリキ缶集め、愉しかった。

美しい時代は飛び去っていった、海の
線のうえを、帆をはりつめてゆく小舟のように。
たしかにぼくらは押し黙ってみつめていた。ささやかな
激しい変化を期待して。
やがて偽りの静けさのなかで

えぐられた水のうえに
風が起きるはずだった。

（『烏賊の骨』、筆者訳†）

詩の結びにあたるこの部分を、タブッキと二人で声を合わせて読んだことがあります。あのとき、やはり、お互い同じような風景を眺めていたのだろうかと、いまも考えることがあります。もう一篇、タブッキの好んだモンターレの詩の一部を紹介して、ジェノヴァ散策を終えることにします。

さようなら、闇の中の汽笛、発車のベル、しわぶき
そして閉められた扉。ときはいま。きっと
人造人間たちが正しいのだろう。ああして通路から
すがたをあらわすのだから、幽閉の果てに！

（『機会』、筆者訳†）

一九三九年刊行の詩集『機会』に収められた「さようなら汽笛」という作品ですが、ここでは、すがたこそ見えないけれどそこにたたずんでいる女性に倣って、わたしたちも、タブッキと一緒にフィレンツェへ向かって移動をはじめましょう。

6. 夢と物語と災厄

――ピノッキオと『デカメロン』のフィレンツェ

中央駅からコッローディの生家へ

前章で歩いたジェノヴァからフィレンツェまでは、列車ならば、ピサ――アントニオ・タブッキの生地――を経由して三時間ほど。ティレニア海の海岸線を右手に見ながら走っていき、ピサからは次第に内陸へと入っていきます。そうして到着するのがトスカーナ地方の中心地、フィレンツェです。

前章の最後に述べたように、タブッキは、一九九〇年にジェノヴァ大学からシエナ大学に籍を移したのと併せて、住まいをフィレンツェに移しました。以来、タブッキは、イタリアにいるときは長くフィレンツェで暮らしましたが、その住まいは、イタリアでも屈指の美術学校アッカデミア・ディ・フィレンツェの中庭が望めるアパートの五階にありました。タブッキのもとを訪れると、窓越しに、中庭でにぎやかに歓談する美術学校の学生たちの話し声や笑い声が聞こえてきて、何をしているのだろうかと窓から覗いたりもしました。

そんな個人的な思い出もあるフィレンツェですが、この街について、まず、誰もがご存知の――そう言い切ってよいのか、じつは躊躇いもあるのですが――『ピノッキオの冒険』と、その作者カルロ・コッローディ（一八二六～九〇）を取り上げます。

カルロ・コッローディというのはペンネームで、本名はカルロ・ロレンツィーニ。一八二六年にフィレンツェで生まれました。コッローディの生家があるのは、フィレンツェの中央駅（サンタ・マリア・ノヴェッラ駅）から歩いて五分ほどのところ。街の中央市場のある「市場広場」からすぐの、比較的狭い道を入った「タッデア街」という場所にあります。

今でこそ、コッローディの生家であることを示す銘板が掲げてあるものの、庶民的な市場にほど近い路地にあることからもわかるように、それほど立派な建物ではありません。ただ、この家には由緒があって、世界的に有名な陶磁器会社ジノリの創業者に仕えていたコッローディの父親が、ジノリから譲り受けたもので、もともとは「ジノリの館」と呼ばれていたそうです。

コッローディゆかりの場所を訪ねて

フィレンツェの街にあるコッローディゆかりの場所を、もう少し歩いてみましょう。

6.

コッローディの生家から五分くらい行ったところに「鍛治屋街」があり、それにつづく通りが「カヴール街」――統一イタリアを建国した英雄の一人、カミッロ・カヴールの名前を冠した通りです。この界隈は、思春期のコッローディが足繁く通ったところです。

青年期を迎え、修辞学や哲学に関心を抱きはじめたコッローディは、鍛治屋街にある古典高校（現在のガリレオ校）に通っていました。学校からカヴール街界隈まで足を延ばすと、そのあたりには文化人たちの集うカフェがあり、当時、絵画の領域で一世を風靡していた「点描派（マッキャイオーリ）」の画家たちが集っていました。その光景を、まだ名もなきコッローディ青年は日々、目にしながら育っていったのです。

『ピノッキオの冒険』の作者として名をなしたことで、現在は、生家の近くにある中央市場の入口すぐのところに、彫刻家トマス・チェッキの手になるコッローディのブロンズ像が立っています。さらにコッローディゆかりの場所をめぐっていくと、最後は、作家のお墓のあるところ、サン・ミニアート・アル・モンテという教会にたどり着きます。教会の裏手にある墓地は、フィレンツェの著名人や富裕な人びとが埋葬されるところで、コッローディもその豪勢な墓地の一角に眠っています。コッローディ自身が見たら、きっと途惑ったのではないでしょうか。

ちなみに、「コッローディ」はペンネームだと冒頭に述べましたが、この姓は、母方の祖父が暮らしていた村の名前コッローディに由来します。現在はペッシャという自治体の一部で、フィレンツェからピサ、リヴォルノ方面に車で一時間ほど、山のなかにあるちいさな村です。

一九五六年、この村に「ピノッキオ公園」というテーマパークがつくられました。第二次世界大戦後の比較的早い時期で、イタリアにおけるテーマパークのはしりだったのでしょう。当時から人気の行楽地となり、現在も、子ども連れの客でにぎわっています。このトスカーナのちいさな村は、「ヴィッラ・ガルゾーニ」というシンメトリーの見事なヴェルサイユ式庭園があることでもよく知られています。

フィレンツェの発展とピノッキオの誕生

フィレンツェの街、そして郊外へと作者コッローディの足跡をたどってきましたが、ここで『ピノッキオの冒険』が生まれた背景を振り返ってみましょう。

前章のジェノヴァと同様に、フィレンツェのあるトスカーナ地方――当時の政治体制はトスカーナ大公国――も、勢力を拡大する北方のサルデーニャ王国への併合を求める運動が起こり、一八六〇年に組み入れられると、統一国家としてのイタリア王国の一部となる未来が見えてきました。翌六一年にサルデーニャ王国は国号をイタリア王国に改め、さらに六五年には、この誕生したばかりの王国の首都にフィレンツェが――わずか五年間ではありますが――選ばれたのです。

統一王国に組み入れられて以降、ゆるやかな凋落《ちょうらく》の一途をたどったジェノヴァとは対照的に、一度は王国の首都にもなったフィレンツェは、政治的中心としての地位を離れたのちも、国際文

6.

化都市としてめざましい力量を発揮していきます。

　こうしたフィレンツェの文化的発展のさなかに、『ピノッキオの冒険』という作品は誕生したのです。イタリアの統一運動が完了した一八七一年からおよそ十年後、八一年に創刊されたイタリア初の子ども向け週刊紙「こども新聞」に、はじめは「あるあやつり人形の物語」として連載がはじまりました。そして二年後の八三年、『ピノッキオの冒険』という単行本として刊行されて以来、今日に至るまで、世界でもっとも多くの外国語に翻訳されている物語と言われるように、文字どおり世界中の読者の手に渡っていくことになります。

　もっとも、現在わたしたちが知っているような物語が完成に漕ぎつけるまでには、紆余曲折がありました。連載の途中には、思いも掛けない中断が二度三度と繰り返され、とくに最初の中断は、じつは「終わり」でした。その物語は、いまわたしたちの知っているものの半分にも満たない十五章構成のもので（『ピノッキオの冒険』は全三十六章）、しかも主人公ピノッキオが樫の木にくくられて呆気《あつけ》なく命を落とす、という唐突な結末だったのです。それに対して、「ピノッキオがかわいそうだ」「救ってあげて」という愛読者、つまり子どもたちの声が届けられました。その願いに応えるかたちで、ピノッキオは物語のなかで生き返り、いまわたしたちが知っている冒険譚へと大きく羽ばたくことになったのです。

　ただ、一概にピノッキオと言っても、読者の思い浮かべるすがたは、それぞれにたいそう違っているかもしれません。そもそも、まるたん棒の切れ端からつくられた人形が、まだ人形のかたちにすら彫られていないときから、「痛い！」と言葉を発していたという重大な事実に、まったく気づかずに読み進んだ読者だって、けっして少なくはないでしょう。あるいは「嘘をつくと鼻が長くなる」という教訓めいたエピソードが、じつは数えるほどしか描かれていないことも、多くの読者は気づいていないようにみえます。しかも、物語の最後、ピノッキオが人形から「人間の少年」に変身することがほんとうに幸せな結末なのかという、原作にあった問いかけが封じられた状態の、いわばディズニー的ハッピーエンドに覆われた物語が、はたして『ピノッキオの冒険』と呼べるのかどうか——。世界でもっとも多くの言語に翻訳されたイタリア文学作品であるコッローディの描いた物語の、何を読者は知っていて、何を知らないのか、いま一度考えてみる必要がある気がします。

タブッキが見たコッローディの夢

みなさんの記憶にある『ピノッキオの冒険』は、どんな作品でしょうか。アメリカで制作されたアニメーション映画のイメージをもっている人が多いかもしれません。あるいは近年、イタリアの映画監督マッテオ・ガッローネによって制作された、原作にきわめて忠実な映画（邦題『ほんとうのピノッキオ』、二〇一九）の映像で、あらたに記憶に刷り込まれたという人もいるかもしれません。

6.

この『ピノッキオの冒険』という物語を、イタリアの人――たとえば小説家は、どのように受けとめたのでしょうか。

アントニオ・タブッキの連作短篇集『夢のなかの夢』のなかに、「作家にして劇評家、カルロ・コッローディの夢」と題された短い作品が収められています。その「夢」の様子を、少し覗いてみましょう。

一八八二年一二月二五日の晩のこと、フィレンツェの自宅で、作家にして劇評家、カルロ・コッローディはある夢を見た。夢の中でかれは紙の小舟にのって大海原をただよっていた。ひどい時化《しけ》だったが、紙の小舟は無事だった。その頑丈な小舟は、コッローディの愛するイタリア王国の三色に塗られ、人間の目玉がふたつ描かれていた。はるか遠く、海岸の切り立った岸壁のあたりで叫ぶ声がした。カルリーノ［筆者注：カルロの親称］、カルリーノ、岸に引き返すのよ！　いままで聞いたこともないような妻の声だった。かれを呼んでいるのは、セイレーンが啜《すす》り泣いているみたいなやさしい女性の声だった。

（『夢のなかの夢』、筆者訳、岩波文庫）

このようにしてタブッキは、『ピノッキオ』の作者の夢を再現しようとします。夢のなかでコッローディは、やがて自分が『ピノッキオの冒険』のなかで描くことになる、巨大ザメのなかに迷い込んだジェペットと同じ体験をし、ジェペットと同じようにサメの腹からの脱出を試みるのです。『ピノッキオの冒険』では、ジェペットはピノッキオに伴われてサメの口から出ていきますが、この夢のなかでは、ジェペットが過ごすことになるはずのサメの腹のなかに、作者コッローディがいる。そして夢のなかで、ジェペットの体験をまざまざと再現しているのです。

しかし、夢は夢です。それは突然断ち切られます。

するとと突然場面が変わった。かれがいるのは、もう怪物の腹の中ではなく、蔓棚の下だった。あたりは夏の景色がひろがっていた。（中略）蔓棚の下のむこう側には、猫と雌の狐がすわっていて、おとなしい眼でかれらを見つめていた。そこでコッローディは礼儀正しくよびかけた。あなたがたもご一緒にいかがです？

（同前）

物語の結びで、突如、場面が転換します。そして『ピノッキオの冒険』のなかでは、ピノッキオを翻弄し、ペテンにかける猫と狐のコンビが、ここでは、まるで善良な友人のように描かれている。タブッキという小説家ならではの、『ピノッキオの冒険』に注ぐ眼差しが感じられるようです。

『夢のなかの夢』という作品では、すべての物語が「○○年○○月○○日のある夜のこと」——コッローディの夢の場合は、クリスマスの夜になっています——、「○○はある夢を見た」という書き出しではじまります。

ランボー、チェーホフ、ペソア、スティーヴンソン、カラヴァッジョ……タブッキが愛した芸術家たちは、いったいどんな夢を見たのか。その夢へのオマージュとして、芸術家たちの作品を批評的に切り取って描かれた言葉の断片が、ひとつひとつの短篇物語となって集積され、この連作短篇集は生まれました。だから、先ほどのコッローディの夢も、タブッキのコッローディに対するオマージュに満ちた、愛のこもった夢になっているのです。

6.

パンデミックと文学的伝統

フィレンツェと文学の関わりを考えるとき、とりわけ二〇二〇年からわたしたちが向き合うことになった新型感染症との関係において、ジョヴァンニ・ボッカッチョ（一三一三〜七五）の作品『デカメロン』を外すことはできません。

ボッカッチョは中世に活躍した詩人、作家であり、イタリアルネサンス期を代表するヒューマニスト（人文主義者）です。代表作である『デカメロン』は、一三四九年から五三年にかけて発表された物語集。タイトルは「デカ（十日）」「メロン（物語）」、すなわち『十日物語』を意味しています。十人の人物たちが、十日かけてそれぞれ十篇ずつの話をする、つまり百篇の物語が収められています。

物語成立の背景にあるのは、一三四八年にヨーロッパ全域を襲ったペストの大流行です。フィレンツェでは、人口九万人のうち、三分の一が亡くなったと言われています。ボッカッチョ自身は、当時ナポリにいて運よくその悲惨な事態を免れましたが、かれの父親は、翌四九年にペストでこの世を去っています。

フィレンツェをふくむヨーロッパ全土に暗く大きな爪痕を残した史実を踏まえ、その災禍を逃れた十人の男女が、フィレンツェ郊外でそれぞれの話を語り合う——。『デカメロン』はそのような設定で紡がれた物語です。

二〇二〇年一月の終わりに、イタリアではじめて新型感染症の感染者が確認され、その後、イタリア各地へ集団感染が広がっていきました。この新型感染症をめぐる一連の事態のなかで、とくに初期には、感染の拡大や亡くなる人の数などにおいて、イタリアがヨーロッパのなかでもとりわけ厳しい経験をしたことは、報道などでご存知の方も多いと思います。そうした状況下で、かなり早い段階——二月下旬くらいから、『デカメロン』がイタリアの人びとの口の端にのぼるようになりました（その後、日本をふくめた他の国々でも、この説話集が話題に挙がるようになりました）。かつて、社会全体を恐怖のどん底に突き落とした感染症ペストの災禍を描いた作品——。そのような物語の構造が、わたしたちが直面することになったパンデミックについて、有効な参照項になるのではないか、と考えられたということでしょう。

一方で、そのような捉え方はあまりにも安易で、ありきたりではないかという反応が、やはり

6.

比較的早い段階から見られたのも事実です。結果的にイタリア国内では、『デカメロン』とパンデミックとの関わりを論じる風潮は、そのひろがりと同様に早々に収束していきました。むしろ、より古い時代に遡れば、古代ギリシャの歴史家トゥキディデスや古代ローマの詩人ルクレティウスによる悪疫についての叙述、あるいはもっと近い時代であればダニエル・デフォーによるロンドンのペスト流行の記録（邦訳書では『ペスト』あるいは『ペストの記憶』など）、アルベール・カミュの小説『ペスト』などの作品から何かを読み取ることに、イタリア人の関心は移っていったようです。

当時、わたしたちが直面した未知の事態にどう向き合えばよいのかという問いに、イタリアの知識人が示した反応はさまざまでした。ただ、そこには「既存の、あるいは既知の解釈の基準やパラメータをあらためて認めることが、いったいどれだけ有効なのか」という根本的な疑問は、当初から提示されていたように思います。わたしたちにも覚えがあると思いますが、人はついそのような類推反応をしてしまいがちだ、ということがこの間の経験で明らかになったわけですが、それに対する反省や検証を、イタリアの知識人たちは、今日に至るまでずっとつづけているようにみえます。

安易に関連づけることに対して抑制的であろうという意識は共有されながらも、その背景には、やはり『デカメロン』という作品がイタリア人に好まれ、いまだに読み継がれているという事実があるのではないか。パンデミックと対峙したときの反応と『デカメロン』とのあいだには照応関係があるのではないか――。そのような思考を象徴するような発言が、現代のイタリアを代表する一人の作家から発せられました。

小説家、劇作家のアレッサンドロ・バリッコ（一九五八〜）は、二一年三月の終わりに発表した小説のなかで、こんな一節を記しています。

悲しみを脇に置き、考えること。つまり理解し、カオスを読み、未知の怪物たちを創りだし、未知の現象に名を与え、おぞましい真実をみつめること、そしてそれを終えたら、危険を冒しても、なにがしかの核心をすべての人につたえること。（『ゲーム』、筆者訳†）

パンデミックのはじまりから一年をかけて向き合ってきた感染症と自分との関係を、あるいは知識人が果たすべき役割を、このような言葉で社会に投げかけました。それからほとんど日を置かずして、これに賛同する発言がイタリアのさまざまな知識人たちからつづいた、ということを言い添えておきます。

人間の生のあり方を一変させた『デカメロン』

あのパンデミックの経験を考えるうえで、イタリアの人びとが、どんなかたちであれ意識せざ

6.

るを得ない『デカメロン』。ペストの災禍の経験をもとにボッカッチョが書いたこの物語は、どのような構成をもっているのでしょうか。

一三四八年春、ある火曜日の朝、フィレンツェの有名なサンタ・マリア・ノヴェッラと呼ばれる聖堂——現在のフィレンツェ中央駅からすぐのところにある教会——に、若い七人の淑女が寄り集いました。最年長の女性の提案で、街を襲ったペストの難を避けて、フィレンツェの郊外に行くことにします。翌日の水曜日の朝、出発しようとしたところへ来合わせた顔見知りの若い男性三人に同行を求め、連れ立って郊外へと出かけます。そして二週間あまりの滞在中、金曜日と土曜日は休息日として、十人の男女が、一日一人一話ずつ、のべ十日にわたって百の話を語る——。これが物語の大きな枠組みです。

第一話の書き出しは、次のようにはじまります。

> 時は主《しゅ》の御生誕《ごせいたん》一三四八年のことでございました。イタリアのいかなる都市に比べてもこよなく高貴な都市国家フィレンツェにあのペストという黒死病《こくしびょう》が発生いたしました。これは天体がもたらす影響のせいか、それとも人間の不正のせいか、それとも神が正義の怒りにかられてわれわれの罪を正すべく地上に下されたせいか、いずれにせよ数年前、はるか遠く地中海の彼方のオリエントで発生し、数知れぬ人名を奪いました。ペストは一箇所にとどまらず次から次へと他の土地へ飛び火して、西の方へ向けて蔓延《まんえん》してまいりました。惨《みじ》めなこと

でした。そのフィレンツェでは、人智《じんち》を尽くして予防対策を講じましたが、空《むな》しうございました。市当局によって特別に任命された役人が市街の清掃につとめ、汚物《おぶつ》を除去し、病人の市中への立入りを禁止し、衛生管理も周知徹底すべくお触れを出しました。〔わかりやすい歌にして流したほどでございます〕。

（『デカメロン　上』、平川祐弘訳、河出文庫）

フィレンツェでのペストの流行の発端が、このように描き出されます。『デカメロン』を開いてすぐに感じ取れることは、トスカーナの青空の下で繰りひろげられる、天真爛漫でおっとりとした生と性の肯定と言えるかもしれません。フィレンツェの街の、猖獗《しょうけつ》を極めるペストの悲惨な状況が一方にあって、他方、それとまったく対照的な、郊外の別荘の明るい世界がある――。両者が交錯するなかで、見事な文章が紡がれていった。この第一日目のまえがきの部分は、本当にすばらしい文章として、さまざまな人から大きな賞賛を集めています。

そこから物語をしばらくたどっていくと、現代のわたしたちが、この数年のあいだにさまざまなかたちで感じ、体験してきたこととほぼ重なるような事態が、十四世紀中ごろのフィレンツェの人びとを襲っていたことが、克明に伝わってきます。

この病気の治療に役立つ医者の処置はなにもなく、効く薬もありません。病気の特性が治療を受付けなかったか、それとも医師の無智のせいか。（中略）一体何が原因であるか医者にもわからない。だから処置の講じようもない。それに治《なお》る人はほんの僅かしかいない。というかまず全員いま述べた徴候が出た三日以内に、別に熱を出すでもなく、それ以外に特別の症状を呈するでもなく、多少の遅速《ちそく》の差はあれ、そのまま亡くなりました。このペストはいわば不可抗力です。（中略）こうした事は多数の人が目撃し、私自身がこの目で見たのでなかったら、とても信じられず、たとえ信用の置ける人から聞いたとしても、書く気にならなかったでしょう。ペストは非常な猛威をもって人から人へ伝わりました。人ばかりでない、こうしたことが頻繁に起って目撃されたのです。すなわち、人から人へだけでなく、病人が着た物とか病気で死んだ人の持物に触った人間以外の動物までが、病気に罹ったのです。

（同前）

6.

このように、現代のわたしたちが、社会に大きな混乱を巻き起こした感染症の流行に対して学ぶべきこと、読み取るべきことが、すでに十四世紀の半ばの時点ではっきりと伝え残されていたのです。

ロマン主義のイタリアを代表する文学史家フランチェスコ・デ・サンクティス（一八一七～一八八三）は、イタリアで最初に編まれたイタリア文学史のなかで、この作品がいかに当時の人びとの人間観を変えたかということを記して、『デカメロン』についての章を結んでいます。そして、それはキリスト教至上主義に対するきわめて有効な批判としても機能している、とも言い添えています。

また、第二次世界大戦後まもない一九四七年、ドイツ出身の文献学者・文芸評論家のエーリヒ・アウエルバッハは、ヨーロッパ文芸の表現の変遷を研究した大著『ミメーシス』(一九四六)を著し、そのなかでダンテの重要さについても述べたうえで、このように記しています。

> **ボッカッチョの興味は、ダンテなら振り向きもしなかったであろう現象や感情にも向けられた。**
>
> (『ミメーシス』、イタリア語版から筆者訳†)

つまり、人間の生を見つめるうえでの新鮮な視点が、ボッカッチョにはあった。そして、それはペストの大流行という未曽有の災害下での新しい生き方の可能性を見せてくれたのだ、と述べているのです。

『デカメロン』から読み取れるもの

先ほども指摘したとおり、『デカメロン』には、ペストの流行に見舞われたフィレンツェ市中の悲惨な状況と相反する、というよりも対極にあるような、明るいトスカーナの田園の青空の風景が描かれています。その青空が青ければ青いほど、市中の悲惨さは際立ってわたしたちの胸に

6.

迫ってくるようです。

それが、たとえば、アレッサンドロ・バリッコの述べた「悲しみ」という言葉で表現されているのではないか、と思うのです。先ほど引いた「悲しみを脇に置き」というバリッコの言葉は、『デカメロン』がわたしたちに今なお伝えている何かを、先取りして示しているのでしょう。

『デカメロン』については、さまざまな人たちがそのすぐれた点について述べています。たとえば、物語としてすぐれているとすれば、それはいったいどこに起因するのか。先ほど挙げたアウエルバッハだけでなく、二十世紀ドイツの思想家ヴァルター・ベンヤミンも、『デカメロン』の、とくに序文の描写力について言及しています。加えて、『デカメロン』をひとつの枠物語(物語のなかで、別の物語が入れ子的に語られるもの)として読もうとしたとき、たとえばペストというカオスが生じた結果、それまで営まれてきた貴族による調和を前提とした社会に、大きな疑問が投げかけられることになった。そうした状況のなかで、わたしたちが社会的人間である状況をどう考えていけばよいのか。もしもこの状況にふたたび見舞われたとき、どんな秩序を打ち立てれば、理想へと一歩近づいたことになるのか——。そんなことが『デカメロン』からは読み取れる、とベンヤミンは述べました。

そして、ベンヤミン、アウエルバッハの批評を受け継ぎ、現代に接ぎ木するようにして、イタロ・カルヴィーノは、亡くなる直前までしたためていたハーバード大学の講義草稿——のちに『カルヴィーノの文学講義』(一九八八)として刊行されます——のなかで、『デカメロン』を

「正確さ」の権化、象徴として論じ、称揚したのです。

そんなことも思い浮かべながら、フィレンツェの文学散歩を閉じることにします。

次章では、ふたたび港街――スロヴェニアとの国境の港街、トリエステという国際都市へ歩みを進めましょう。

7. 国境の街、混淆の文化
——ズヴェーヴォとサバのトリエステ

ドイツ、スロヴェニアと重なる港街

イタリアの文化の中心地とも言うべきフィレンツェから、イタリアのなかでも、ある意味でずっと片隅に追いやられていた辺境の街、トリエステについて考えていきます。

トリエステは、かの有名な「オリエント急行」の主要停車駅としても知られています。ヴェネツィアから海岸沿いに東へ走り、湾岸のカーブに沿って東南に少し下ると、二時間ほどでトリエステに到着します。前章の舞台フィレンツェからは、乗り換えもふくめると四時間半くらいの距離。スロヴェニア国境がすぐそばに迫る、アドリア海に面した港街です。

この街はおよそ五百年もの長期間にわたって、オーストリアの支配下に置かれていた——「帰属していた」というほうが正確でしょうか——という特殊な事情を抱えた街です。この街がめざ

ましい繁栄を遂げたのは、歴史上名高いハプスブルク家の〝女帝〟マリア・テレジア、そして息子のヨーゼフ二世の時代。二人の統治下で、街の構造をふくめて、トリエステは大きく変貌を遂げていくことになります。

古くは十一世紀から、自治都市として、名目上は独立を保っていましたが、街としての繁栄を手に入れたのは、オーストリアの支配下に入ってからのことでした。マリア・テレジアの統治下、都市部が拡大し、人口は四倍にも増加しました。その後、ほかのイタリアの都市と同様に、ナポレオン軍の占領を何度か経験しますが、そのような状況下でも、港湾都市として継続的に発展を遂げていったのです。

トリエステと文学の関係を考えるうえで、この街の歴史、および地政学的な事情——長くオーストリアの支配下にあったということ、そしてスロヴェニアとの国境のすぐ近くに位置していることは、けっして見落としてはいけないでしょう。

オーストリアの統治下にあったことは、ドイツ語が生活に即した実用語として、また帝国に属する地域の公用語として、長くトリエステの人びとを拘束してきたことを意味します。第一次世界大戦でオーストリア＝ハンガリー帝国が瓦解し、一九二〇年以降は、トリエステはイタリアに属する街となりましたが、この街の人たちにとってイタリア語は、ある意味では、自分たちの言語ではないものだったと言えます。もちろん、トリエステに固有の言語（いわば「トリエステ方言としてのイタリア語」）はあります。しかし、統一国家としてひとつになったイタリアの「国語」、スタンダードな共通語としてのイタリア語は、トリエステの人たちからすると、とても遠くに見える存在だったのです。

そんな微妙な立ち位置にあった「イタリア語」を使って、この街で文学作品を書く作家は現れるのだろうか――。それが、この章のひとつの大きなテーマになります。

7・あらゆる死者が眠る坂の上の墓地へ

このような歴史をもつトリエステの街に、列車でやってきたとしましょう。駅前に出ると、そこにあるのが「リベルタ（自由解放）広場」。そこから、市中各方面に向かうバスが出ています。中心部に行きたければ、二十三番という路線バスに乗りましょう。五分くらい行くと「イストリア通り」に着きます。「イストリア」とは、トリエステをふくめて、現在のスロヴェニア、クロアチアに跨がる半島（イストリア半島）地域の名称で、トリエステがイタリア帰属に際してはらった苦難の歴史を思い起こさせます。

わたしがイタリアに留学していた一九七〇年代には、「テレビ・イストリア」という放送局が存在していました。そのチャンネルでは、イタリア語とイストリア語、ふたつの言語が用いられ、どちらかの言語で話しているときは、もう一方の言語が字幕で示される、そのようなかたちでの放送が、ごく普通に行われていました。わたしは当時、そこからかなり離れた内陸部のボローニャで生活していましたが、そのような様子を目の当たりにして、イタリアという国の未知の現実を体験したように感じました。

そんなことも連想させるイストリア通りを経て、「平和通り」という坂道を上っていくと、広大な敷地をもつ「ユダヤ人墓地」に着きます。このあとに取り上げるイタロ・ズヴェーヴォ(一八六一〜一九二八)——トリエステが生んだ二十世紀最大の作家とも呼ばれる人物——が眠っているのも、この墓地の一角です。その墓碑銘には、ジェノヴァの章で取り上げた詩人エウジェニオ・モンターレの寄せた言葉が刻まれています。この場所からはアドリア海が見下ろせて、じつに美しい景色がひろがっています。

名称こそ「ユダヤ人墓地」となっていますが、ここはなんとも不思議な空間です。「聖アンナ墓地」と呼ばれる区画は、カトリックの人たちのための場所になっている。同様に、イスラーム、スロヴェニア正教、あるいはイギリス国教会の人たちのための区画、というように、さまざまな宗教の人びとが、それぞれのために設けられた区画に眠っています。また宗教的な多様性のみならず、「旧軍人墓地」といった区画もあるように、宗教の有無を問わず、あらゆる出自や属性をもつ人びとが、トリエステの街の高台にある広大な空間に、一緒に眠っているのです。

ダニロ・キシュ(一九三五〜八九)という旧ユーゴスラヴィアの作家の作品に、『死者の百科事典』という小説があります。墓地にある墓碑銘をひたすら読んで、その向こう側にあるそれぞれの死者たちの過ごした生涯、たどってきた歴史を想像するという物語です。

7.

さまざまな背景や属性をもつ人たちが一堂に眠っているこのユダヤ人墓地を訪れ、この物語と同じように墓碑銘を見て、読んでいくだけで、いろいろなことがわかってくる(わたしは実際に、幾度か試みたことがあります)。たとえば、名前の由来。スラヴ系の名前に、ドイツ系の名前、◯◯系の名前というように、多彩な名前がそこには見て取れます。また、ある家系のなかに、いつごろからか異なる背景をもつ文化が流れ込み、交じり合っていったという事実が読み解けることもあります。そしてそれは、トリエステという街の歴史そのものでもあるのです。

トリエステの文化史――スタンダール、マルクス、フロイト

トリエステが、歴史的・文化的に特殊な背景をもつ街だということが、少し感じられたのではないかと思います。さらに、文化史的に興味深い事実として、トリエステは意外な著名人と縁のある街でもありました。

まずは、フランスの文豪スタンダール。かれはトリエステ駐在のフランス領事として――もちろん、作家スタンダールではなく、本名のマリ＝アンリ・ベールとして――赴任していたことがありました。ただ、この街との相性があまりよくなかったようで、また当時のオーストリア宰相メッテルニヒの機嫌を損ねたらしく、わずか四ヶ月ほどで早々にトリエステを去ってしまいます。

つづいて、『資本論』で知られる、十九世紀プロイセン王国時代のドイツの思想家カール・マ

ルクス。マルクスとトリエステという組み合わせに意外な印象を覚える方もいるかもしれませんが、かれはアメリカの新聞「ニューヨーク・トリビューン」の特派員としてこの街に足を運び、自由港トリエステについての記事を二度、寄稿しました。

そしてもっとも重要な人物が、精神分析の祖として知られるオーストリアの精神科医、心理学者ジークムント・フロイト。フロイトは若い医学生のころ、研究のためにトリエステに滞在していたことがありました。研究活動を行っていた海洋生物学研究所で、フロイトは一人のトリエステ人と知り合います。その人物はのちに、イタリアで精神分析学会を創設することになりました。そして、かれは、これから取り上げる作家イタロ・ズヴェーヴォの主治医でもあったのです。

「イタリアのシュヴァーベン人」という名の作家

先ほどからイタロ・ズヴェーヴォという作家の名前を挙げていますが、この名前はペンネームです。本名はエットレ・シュミッツ。

イタロ・ズヴェーヴォというペンネームの由来を考えてみると、ファーストネームの「イタロ」は、「イタリアの」という意味の形容詞。一方の「ズヴェーヴォ」とは、シュヴァーベン――イタリアと隣接するドイツ南西部の地域とそこで暮らす人や文化を指す名称――のイタリア語です。トリエステという境界の街で、かれは、イタリアへの帰属意識を表明しつつ、自分がいかにドイツ文化に多くを負っているかということのアイデンティティの表明として、自身の教養を育んだ「シュヴァーベン」という名称を名乗ることにした。こうしてイタリアとドイツの要素が合体し、イタロ・ズヴェーヴォというペンネームが生まれたのではないでしょうか。

裕福なユダヤ人家庭に生まれたズヴェーヴォは、中高等教育をドイツ語圏で受けた後、実業界に身を投じて、妻の実家が経営する船舶塗料会社の経営に携わっていました。その傍ら、小説や戯曲などをイタリア語で書き継いでいましたが、生涯に書いた長篇小説はわずか三篇。ほかに短篇の作品が遺されてはいるものの、寡作な作家だったと言えます。

長篇小説についてみると、一八九二年に第一作『ある人生』を、ついで九八年に『老年』(邦題は『トリエステの謝肉祭』)という作品を書きますが、第三作を手がけるまでにはかなりの時間を置くことになります。第一次世界大戦が終わったのち——まさにトリエステがイタリアという国に帰属するころ、三年ほどかけて『ゼーノの意識』を執筆、一九二三年に自費出版のかたちで発表します。

しかし、印刷されたのはわずか千五百部ほどで、多くの人の目にふれる、というにはとても心細い状況でした。実際に、刊行当時、『ゼーノの意識』という作品がイタリア国内で顧みられることはほとんどありませんでした。結局、生前には自分についての評価をほとんど目にすることなく、刊行から五年後、ズヴェーヴォは六十六歳でこの世を去りました。

ところが、『ゼーノの意識』という作品はその後、イタリア以外の国で、望外の好評を得ることになります。そこで一役買ったのは、二十世紀を代表する大長篇小説『ユリシーズ』で知られるアイルランドの作家、詩人のジェイムズ・ジョイスでした。ズヴェーヴォ——エットレ・シュミッツと言うべきでしょうか——が通っていた英語学校ベルリッツのトリエステ校で、かれの個人教師を務めたのがジョイスだったのです。

そうした縁もあって『ゼーノの意識』を読んだジョイスはこれを絶賛し、そのフランス語版（一九二八）の翻訳、およびパリでの出版の実現を働きかけました。こうして、小説『ゼーノの意識』とイタロ・ズヴェーヴォという作家は、イタリアよりも先に、フランス、ついでイギリスで高い評価を得ました。もしジョイスによる発見と評価がなければ、このトリエステの作家の存在は埋もれたままに終わっていたかもしれません。トリエステの旧港に面した大運河の最初の橋の上には、いまでもジョイスのブロンズ像が街を眺めるように立っていますが、そこにはズヴェーヴォを見いだした功績を称えるという意図も込められているのでしょうか。

『ゼーノの意識』と作者ズヴェーヴォが、イタリア国内で評価を得るようになったのは、ズヴェーヴォの墓碑銘に言葉を寄せた詩人モンターレが、一九二五年——モンターレ自身が第一詩集『烏賊の骨』によって世間の脚光を浴びた年でもあります——、こんなにすごい作家がトリエステにいるという紹介文を書いていたことがきっかけです。世の注目を集めることになったのはズヴェーヴォの没後のことでしたが、イタリアにおいては、このモンターレの批評が端緒となり、ズヴェーヴォという作家が発見されることになった——。「ズヴェーヴォ事件」とも称される出来事でした。

精神分析のように小説を書いたら

ズヴェーヴォは、どんな小説を書いたのでしょうか。

作品を読んでいく前に、ズヴェーヴォの、対象への特殊な視線の向け方が伝わる、興味深い資料を紹介します。英語の教師だったジョイスのことを、ズヴェーヴォが英語で書いた、短い紹介文です。

たぶん師（＝ジョイス）は、端から想像するほどものが見えていないのかもしれないが、見るために前に進む生き物のように見える。きっと戦える人間ではないし、戦おうとも思わない。悪い人間に出会わないことを願いながら、師は人生を過ごしている。わたしもまた、師にそうしたことが起こらないよう心から祈る。

（ズヴェーヴォの全作品の作品集・イタリア語校訂版より、筆者訳†）

「戦わない人」と言っているあたりが、とてもおもしろい。なんとも味のあるジョイス評です。『ゼーノの意識』に話を戻します。先ほど、フロイトがトリエステで交流をもった人物が、ズヴェーヴォの主治医だったと述べました。その主治医、エドゥアルド・ウェイスという精神科医がモデルとなった、Ｓというイニシャルの医師が物語に登場します。主人公がその主治医Ｓに勧められて記した、自らの人生を回想した手記――。これが『ゼーノの意識』という小説の骨格となっています。

時代設定は一九一四年、主人公ゼーノは五十七歳。Ｓ医師の勧めにより、ゼーノはみずからの回想録を書きはじめます。なんで自分はタバコをやめられないのだろうかと、過去の経験を思い返しては延々と考える。自分と父親との関係を、父親の死を振り返ることによって分析してみる。あるいは、妻《めと》を娶ること、さらに娶ったけれども不倫に走ることについて、みずからの過去を観察するように記述する……このような「自己分析」が、回想のなかで綴られていきます。

そんな分析的な手記が、一章から六章まで延々とつづくのですが、やがてそこに、もうひとつ別の「時間の流れ」が導かれてきます。それは一九一五年、第一次世界大戦さなかの五月から、翌年の三月下旬までの時期の記述です。第八章は、Ｓ医師に受けていた精神分析の治療を中断した後の出来事が、日付とともに記されていきます。

精神分析をこれで終えることにする。まるまる六ヶ月も休まずこれを続けてきたが、私の症状は前よりもかえって悪くなった。まだＳ医師を解任してはいないものの、私の決意は固い。（中略）

7.

大戦が勃発してから、この町の暮らしは以前よりも退屈になった。そこで私は、精神分析の代わりに、また文字を連ねることにする。一年前から私はひとことも書いておらず、これもほかのこと同様に、S医師の指示に従ってのことである。（中略）しかし今、私はこれまで以上に精神のバランスを崩し、病んでいる。したがって、書くことによって、これまでの治療よりも容易に病を治せると思いたい。少なくとも私は確信している。書くことこそが、もはや悩みの種ではない過去に再び重要性を与え、退屈な現在を一刻も早く追い払うための真の手段だと。

（『ゼーノの意識（下）』、堤康徳訳、岩波文庫）

こうして概要だけを述べると、一見、退屈でつまらなそうに思えるかもしれません。しかし実際に読んでいくと、たとえば自分を分析していく手記の部分は、じつに皮肉っぽい。つまり、ゼーノは自分に対して厳しい――他人に対してもなかなかに手厳しいのですが――。ただ、その厳しさが、時折、ふっとゆるんで、可笑《おか》しみ、ユーモアになる。そんな絶妙のバランスが保たれた文章なのです。

ズヴェーヴォという作家の大きなテーマのひとつは、「無気力」にあります。何をやってもやる気が出ない。そのことを、いったいどう受け止めたらいいのか。つまり、生きる気力がない。そのことであらためて悩む。そして、またその悩んでいる自分を見つめる――。自らを対象化し、観察するその往復のなかから、皮肉やユーモアが生まれ出てくるのです。

『ゼーノの意識』は、文学史的にはフロイトの精神分析的手法を取り入れて書かれた最初の傑作と言われています。ズヴェーヴォは、のちに『夢解釈』として発表されることになる構想を最初に記した「夢について」というフロイトの論文の一部について、翻訳を試みたことがあったそうです。先ほど紹介した『ゼーノの意識』の概要からもうかがえるように、フロイト的な精神の問題、とくにエディプス・コンプレックスと自分はどう向き合ったらよいのかという課題を、ズヴェーヴォ自身がつねに考えていたのではないかと思います。

ウンベルト・サバの「トリエステ」

トリエステについて話をするうえで、もう一人、忘れずに取り上げたい文学者がいます。ズヴェーヴォよりほんの少し遅れて生きた詩人、ウンベルト・サバ（一八八三～一九五七）です。

サバは一八八三年、トリエステの、ズヴェーヴォと同じくユダヤ系の家庭に生まれました。一九一一年、詩人としてデビューを果たします。二一年に発表した抒情詩集『カンツォニエーレ』は彼の代表作ですが、晩年となる五〇年のはじめにもう一度版を変えて出版するなど、五七年にその生涯を閉じるまで、推敲を重ね書き直すという作業をつづけました。

『トリエステとひとりの女』という詩集のなかに、「トリエステ」と題した詩があります。それは次のようにはじまります。

――街を、端から端まで、通りぬけた。
それから坂をのぼった。

第二連の冒頭は、

――トリエステには、棘のある
美しさがある。たとえば、
酸っぱい、がつがつした少年みたいな、
碧い目の、花束を贈るには
大きすぎる手の少年、
嫉妬のある
愛みたいな。

(『ウンベルト・サバ詩集』、須賀敦子訳、みすず書房)

街を人に喩《たと》える、少年に喩える。このようなところがサバの独特の感性を示しているように思います。

どこも活気に満ちた、ぼくの街だが、
悩みばかりで、内気なぼくの人生にも、
小さな、ぼくにぴったりな一隅が、ある。

（同前）

この三行で、この詩は結ばれます。トリエステの街のなかで、居心地の悪さを感じながらも、自分の落ち着ける場所はともかくもある——。サバは、そう告げているようです。

ウンベルト・サバの書店にて

トリエステの中心街「ダンテ通り」には、サバのブロンズ像が立っていて、足元にある銘板にはかれの詩句が刻まれています。そしてそのすぐ近くに、サバが経営していたという書店があります。現在は「ウンベルト・サバ書店」という名のその書店は、トリエステを象徴する詩人サバと、その訳者である須賀敦子にまつわる〝聖地〟として、日本からの訪問客を見かけることも少なくありません。

第一次世界大戦終結後、サバはこの場所にあった古書店を買い取り、古書だけでなく新刊書も扱う書店に模様替えをして、それで生計を立てながら詩を書いていました。サバが買い取る前の古書店だった時代には、顧客の一人に、当時トリエステに滞在していたジェイムズ・ジョイスが

トリエステのウンベルト・サバ書店［筆者撮影］

いたそうです。トリエステの街の一角で、ジョイスとサバという世界的に名の知られた二人の文学者の軌跡が接近していたわけですが、ジョイスが訪れていたのはまだ前の経営者の時代だったので、二人が直接、出会うことはなかったようです。

この書店について、サバは、「自伝」と題して、こんな詩を書いています。

おかしな古書を売る店がトリエステの
ひっそりとした通りにひとつある。
古い装釘にほどこしたとりどりの金の
飾りが、棚をさまよう目にとっての歓び。

そのしずかな界隈には詩人がひとり、
死んだものたちの生きた碑銘を
誠実で、あかるい、作品に織っている。
憂いのある、なんでもない、孤独な愛の詩。

（同前）

サバ書店について唄いながら、自分自身の詩について唄った、すぐれた詩のひとつと言えるでしょう。サバにとってこの街が、必ずしも居心地のいい街ではなかったことは、先ほど取り上げた「トリエステ」の詩からもわかるかと思います。その理由のひとつは、サバが異性愛者ではなかったことだと考えられています。当時の社会においては、それはたいそうな労苦を強いられることだったのではないでしょうか。

7.

「三本の道」から浮かび上がる街

サバがトリエステの街について唄った詩のなかでも、すぐれて印象的なのが「三本の道」と題された作品です。

三本の道、というのは、トリエステの街に実際にある三つの通りを表しています。

ひとつは、「旧ラッザレット通り」。救貧院（lazzaretto）があった場所で、海沿いの通りから一本奥を並行して通っている、魚屋などがあるような下町的な雰囲気の界隈です。つづいて、本章の冒頭で紹介したユダヤ人墓地へとつづく坂道、「ヴィア・デル・モンテ（山の通り）」。もう一本は、「ドメニコ・ロッセッティ通り」で、街の中心から少し外れた、緑の多いところです。サバはこの三つの通りを、それぞれトリエステの街を象徴する通りとして、詩に詠み込んだのです。

悲しいことも多々あって、空と
街路の美しいトリエステには、

山の通り、という坂道がある。
とばくちがユダヤの会堂で、
修道院の庭で終っている。道の途中に小さな
聖堂があり、草地に立つと、人生のいとなみの
黒い吐息が聞こえ、そこからは、船のある海と、岬と、
市場の覆いと、群衆が見える。

（同前）

これは「山の通り」について読んだ詩句。実際に足を運んだことのある人ならば、いきいきとその光景がよみがえってくるような詩です。坂道に立って、現在のユダヤ歴史博物館（詩のなかで「ユダヤの会堂」とされているところにある）のあたりから見上げた左手の先に修道院の庭があって、そこから下方に目をやれば、アドリア海へとつづく風景がひろがっている。サバの目には人びとのすがたや暮らしの気配が映っている。

この詩を訳した須賀敦子は、サバという詩人に、そしてトリエステという街に魅せられて、たくさんのサバの詩を訳しました。須賀がとりわけサバに惹かれたのは、「ぼくは形容詞ではなくて動詞で詩を書くイタリア人の系列に属している」という表現を見つけたときのようです。詩の対象として惹かれるのは、すでにそこにじっとあるものではなく、何かしらの力で絶えず動くものだと告白する詩人に共感したということなのでしょう。

冒頭でも述べたトリエステの文化の混淆性《こんこう》、ここではユダヤ性とスロヴェニア側の土地に由来するスラヴ性が、ある醒《さ》めた冷たい哀しみを湛えた、けっして感傷には溺れることのない独特の詩の世界となって、トリエステという街を背景に際立って伝わってくる。それに加えて、サバの詩がもっている、中原中也の詩に似たような訳が生まれてくる、ある種の流麗な、まるで歌を唄うような調子というものがそこにある。とても簡潔な言葉なのだけれど、すごく美しく響く。これが、おそらく訳者の須賀敦子を虜《とりこ》にしたサバの詩だったのではないか、と思っています。

辺境にあるがゆえのゆたかな文化

トリエステという街は、辺境の地にあって複雑な歴史を経てきたがゆえに、さまざまな背景をもつ文化が入り交じり、ゆたかに花開いている。そして、ローマやミラノといったイタリアを代表する著名な大都市から隔たった位置にあるからこそ、その威光を気にすることなく、みずからの力でその独特の文化を営むことができる――。そのように見ることができるかもしれません。

そんなトリエステが生んだ、現代のイタリアが世界に誇る作家がクラウディオ・マグリス(一九三九〜)です。中欧文化のユダヤ的系譜に着目した文学研究の泰斗として、一九六八年からトリエステ大学で教鞭を執る傍ら、研究書だけでなく批評やエッセイまで、しかもヨーロッパ各国の新聞、雑誌を舞台として、旺盛な執筆活動を展開しています。八六年には、大河川の源流から河口までを文化の変遷に重ねてたどる『ドナウ　ある川の伝記』によって、一躍作家としても名を馳せることになりました。イタリアでは、もう十年以上、毎年ノーベル賞の発表の季節になると取り沙汰される人物でもあります。

マグリスが最初に書いた長篇小説『ミクロコスミ』（一九九七）は、近年ついに翻訳され、日本語でも読めるようになりました。

その冒頭に、「歴史的カフェ（Antico Caffè）」との呼び名をもつ、カフェ・サンマルコという実在のカフェが登場します。マグリスはそのカフェについて、「サンマルコはノアの方舟だ」と描写します。トリエステには、方舟に載せて生き延び（させ）なければならない文化がある。長い歴史のなかで培われてきた、そのゆたかな混淆文化の縮図は、いまもなお、この由緒あるカフェで目にすることができる――。そんなメッセージが伝わってくるように感じられます。

8.
歴史からこぼれ落ちた島
――ピランデッロと『山猫』のシチリア

地中海に抱かれた文化の源泉

スロヴェニア国境沿いの街トリエステから、アドリア海を南下して、イタリア半島の〝長靴のかかと〟を回り、北アフリカを望めるような位置まで移動すると、そこには地中海最大の島、シチリアがあります。もっとも、直行の定期便もないとなれば、トリエステから海路シチリアへとのどかな冒険に乗り出す酔狂な方は、今どきなかなかいないでしょう。飛行機ならば、わずか一時間半後には州都パレルモに降り立つことができるのですから。

シチリアという島は、現代でこそ、マフィア発祥の地であり、いまなおその影響が島の日常に影を落としている――そんな負のイメージがつきまとっている印象があるかもしれません。しかし歴史的に見ると、紀元前八世紀に古代ギリシャの人びとがこの島に植民市をひらいて以来、現在に至るまでのおよそ三千年にわたる歳月のなかで、西欧の中心世界とは異なる独自の歴史を刻んできました。大陸から見れば「さいはての地」とされるこの島は、より広い歴史的視点で捉えると、人種や宗教、文明がダイナミックに交錯する地中海世界の中心地だったのでした。そして、地中海という路《みち》をとおって、絶えず余所者が支配者として現れては代わる、という歴史の荒波をしぶとく生き抜いてきたことが、シチリア人固有の精神のありようを形成することへとつながっていったのです。

その歴史のなかで、イスラームの支配と栄光の時代を経て、北方ノルマン人の王朝、さらに十二世紀末ホーエンシュタウフェン家の統治によるシチリア王国のもと、高度に洗練された宮廷文化が花開き、「シチリア派」と総称される詩が詠まれることになりました。のちのダンテやペトラルカといった、世界に知られるイタリア文学の大きな柱となる詩人たちの源流が、ここシチリアに誕生したのです。だから、「イタリア文学史は、シチリアからはじまる」と言われます。

また、シチリアは、イタリアで数少ない「ルネサンスを経験しなかった」土地であることにも注目しておきたい。別の言い方をすると、シチリアこそがルネサンスに先行して、古代ギリシャと古代ローマの古典知、そしてイスラームの先端知を併せて学び、咀嚼《そしゃく》した、イタリア唯一の土地だった。そうして形成され隆盛を極めた地中海の混淆文化がなければ、ルネサンスは到来しなかったのです。

こう考えるとき、シチリアの文化的特性は、「地中海」という広域的文脈のなかでこそ鮮明になると言えるでしょう。

8.

《シチリア性》の真のすがた

そんな歴史を経て積み重ねられたゆたかな文化・文学的素地を備えているにもかかわらず、本章の冒頭で述べたように、現在ではシチリアというと、どこか負のイメージがつきまとうようになってしまった。それを《シチリア性》という言葉で呼ぶ人たちもいます。しかし、この《シチリア性》というものを、いまほど見た「地中海」という広い文脈のなかで捉え直してみると、シチリアの備えているその歴史的・文化的な特性は、はるかにゆたかで多様なものに見えてくるのではないでしょうか。侵略を蒙りつづけた歴史が生んだ、恐怖と優越の感情が複雑に交錯するシチリア人の心性に、強い結束にも逃れがたい束縛にもつながる島国固有の連帯感、そしてゆたかな自然がもたらす生命力あふれる気候風土が加わると、それはときに、「狂気」とも言えるほどの強いエネルギーとなって表出してくるのではないかと思います。

そんなシチリア人の独特の心性が文学にもたらした結果のひとつが、シチリア出身の二人のノーベル賞作家の存在かもしれません。

一人目は、ファシズム体制下の一九三四年に受賞したルイージ・ピランデッロ(一八六七〜一九三六)。その作品がはじめて日本語に翻訳されたのは、二四年のこと。二一年発表の劇作

『作者を探す六人の登場人物』で、大正時代（一九一二〜二六）末から同時代の前衛芸術劇《アヴァンギャルド》の担い手として、強い関心を寄せられていたことがうかがえます。当時はもっぱら、「不条理劇の祖」と目される劇作家として受け止められ、小説の代表作『故マッティア・パスカル』（一九〇四）も劇作への助走として捉えられるなど、受容の仕方の不均衡が、ピランデッロにはついてまわりました。膨大なすぐれた短篇群が正当な評価を得て、日本の読者のもとに届くようになるためには、長篇『ひとりは誰でもなく、また十万人』の翻訳（一九七二）を待たねばなりませんでした。

二人目は、戦後の五九年に受賞した詩人サルヴァトーレ・クァジーモド（一九〇一〜六八）。彼の詩では、簡素なたたずまいの短い言葉の連なりが、島の乾いた風景のなかで苦い流謫《るたく》の唄へと変わっていく。影と光、落下と上昇といったモチーフが風景に応じて変奏を重ねながら抒情へと昇華していく。それが第一詩集『水と土』（一九三〇）以来の一貫した特徴に思われます。

人はみな独りで地心の上に立っている
太陽のひとすじの光に貫かれ、
そしてすぐに日が暮れる。

（『クァジーモド全詩集』、河島英昭訳、岩波文庫）

最終行をタイトルにした詩集『そしてすぐに日が暮れる』。その巻頭に配されたこの三行詩は、第一行で孤独を、第二行で悲喜の交錯を、第三行で生の儚《はかな》さを、凝縮した詩句に唄った傑作とし

て、もっとも有名なイタリアの短詩と言われています。この作品をふくめて、クァジーモドの詩はすべて、『全詩集』として翻訳刊行されており、日本語で読むことができます。

二人の〝桂冠詩人〟の存在は、イタリア、そしてヨーロッパの《辺境》と目されるシチリア島にゆたかな文学的風土が培われてきたことを証《あかし》する、雄弁な実例であることは確かでしょう。シチリアには、地中海世界の複雑な文化や歴史、そして地理風土の変遷と積み重ねが惜しみなく注ぎ込まれ、それが現在に至る文化や歴史の豊穣さをかたちづくってきたのです。

フランスやドイツなど、西欧の《中心》に暮らす人びとがシチリアを訪れ、シチリアを「見直した」「再発見した」といった言い方をすることがしばしばあります。それは、「地中海文化のなかのシチリア」という視点の欠落、あるいは無智が生んだ「再発見」、つまりは錯覚と言ってもよいのではないかと思います。

8.

ピランデッロが描く歴史の陰影

文化の《シチリア性》というテーマに話を戻しましょう。

先ほど、この島独特の風土や歴史が醸成してきたシチリア人の心性は、ときに「狂気」というかたちで表出すると述べました。些細なきっかけで、いとも簡単に狂気の世界に引きずり込まれてしまう人間のすがたを、短篇や劇作で数多く描いたのが、先ほど名前を挙げたルイージ・ピランデッロでした。

『作者を探す六人の登場人物』と並ぶ代表作『エンリーコ四世』（一九二二）を例に見てみましょう。この劇作は、仮面舞踏会のさなか、王に扮していた男が落馬の衝撃で、自分を中世ドイツの皇帝ハインリヒ（イタリア語では「エンリーコ」）だと思い込むことから繰りひろげられる悲（喜）劇です。十二年後、男は正気に戻るのですが、すでに自分が社会から相手にされない、疎外された存在だと悟って、そのまま皇帝でいる、つまり狂気の世界を生きることを決意するという物語です。狂気と正気の境界はどこにあるのか、両者がじつは容易に反転して、そこにいる当人さえ、どちらの世界を生きているのか判然としない——。それが人間の日常かもしれない、とピランデッロは伝えているように感じます。

シチリアについては、映像、とくに映画のイメージと結びついて伝えられることも少なくありません。『カオス・シチリア物語』の邦題で公開されたタヴィアーニ兄弟の作品（一九八四）には、ピランデッロの短篇がオムニバス形式で盛り込まれています。最後には、ピランデッロ本人が亡くなった母親と架空の対話をするという、「枠物語」の手法を効果的に使った作品です。それぞれの短いエピソードには、前述のような《シチリアの狂気》が見事に、凝縮したかたちで描かれています。この映画に収められた短篇群は、映画の邦題と同じ『カオス・シチリア物語』という作品集として、邦訳で味わうことができます。

そのうちの一篇「もう一人の息子」では、母親が十四年前にアメリカに移民した息子に向けて

8.

手紙を送る。物語の舞台は二十世紀初頭、シチリアの貧しい農民である母親は、文字を読むことも書くこともできません。そこで口述による代筆を頼む。しかし、その手紙がアメリカに送られることはありませんでした。それどころか白紙のまま、何も書かれていないのですから、当然、返事が届くこともありません。なぜ代筆屋がそのようにふるまい、母親が何を考え、そこにどんな秘密があるのか――。そこには、シチリアという土地に特有の根深い問題が横たわっています。そしてタイトルの「もう一人の息子」とは、アメリカに富や夢を求めて移民した息子ではなく、母親がいっこうに顧みようとしない、もう一人の息子を指しています。

その息子は、どういう存在なのか。

一八六〇年五月、イタリア統一運動を推し進めるガリバルディ率いる「千人隊（赤シャツ隊）」が、イタリア半島北部からはるばる南下してきてシチリア島のパレルモに攻め入り、当時島を支配していたブルボン家の警官たちとのあいだで、熾烈な市街戦が繰りひろげられました。パレルモ市民は千人隊に加勢して戦いに加わり、最終的に千人隊が勝利を収めます。

ただ、その戦乱のさなか、この母親は千人隊に陵辱され身ごもってしまう。そして生まれた子どもが、作品のタイトルにある「もう一人の息子」なのでした。

アメリカに夢を求めて移民していった、自分の夢を託すことのできる息子。それに対して、自分が背負わされた負の記憶を、そのまま血として受け継いでいる息子。その両者の対立を、ピランデッロは短い物語のなかで見事に描いています。それは、凝縮されたシチリアの歴史であり、シチリアそのものがもっている光と影の部分にほかなりません。その陰影の深さを、ぜひ読んで体感してみてください。

山猫の一族の盛衰史

「もう一人の息子」をはじめ、ガリバルディ率いる千人隊がパレルモを制圧した時代を舞台として描かれた文学作品は数多くありますが、もっとも有名なものが、トマージ・ディ・ランペドゥーザ（一八九六〜一九五七）の長篇小説『山猫』（一九五八）です。

ルキノ・ヴィスコンティの映画『山猫』（一九六三）を通じてご存知の方も多いかもしれません。主人公ドン・ファブリーツィオをバート・ランカスターが、その甥タンクレーディをアラン・ドロンが、タンクレーディと結ばれる美しい若い娘アンジェリカをクラウディア・カルディナーレが演じた、上映時間百八十七分という大作映画。ランペドゥーザの原作の世界を見事に映像化した作品として、現在でもしばしば言及されます。

原作の小説『山猫』の第一部のタイトルは「一八六〇年五月」。ガリバルディがシチリアにやってきたまさにそのときから、この物語ははじまります。

冒頭では、十三世紀からつづくシチリアの名門・サリーナ公爵家の当主、ドン・ファブリーツィオのパレルモの館の様子が描かれます。大広間の天井に描かれたギリシャ神話に登場するオ

8.

リンポスの十二の神々が捧げもっている盾には、公爵家の紋章である「山猫（Il gattopardo）」のフレスコ画が描かれている。そのフレスコ画は、この時点では、イタリア半島の北方からガリバルディの勢力がやってきたとはいえ、家門の栄光、あるいはシチリア貴族たちの栄光は無傷のまま保たれている――。そんな状況を象徴するものとして描かれています。

> 天井のフレスコ画にふたたび神々が蘇った。海神ネプトゥヌスの息子トリトンや木の精ドリュアスたちが海や山の方から、ラズベリーやシクラメンのような色をした雲に包まれて、サリーナ家の栄光を称えるために誇張して描かれたコンカ・ドーロ［筆者注：パレルモ近郊の盆地］に向かって、歓喜のあまり、もっとも単純な遠近法さえ無視して、急いで馳せつけてきていた。雷光に輝く大神ユピテルや、眉をひそめた軍神マルス、物憂げな美の女神ウェヌスなど、主だった神々が、群小の神々の群れの先頭に立ち、みずから進んで、青地に〈山猫《ガットパルド》〉を描いた盾を掲げていた。その神々は、これから二十三時間半の間は、この屋敷の支配者にもどれることを知っていた。壁では猿たちがまた鸚鵡をからかいはじめた。
>
> （『ランペドゥーザ全小説　附・スタンダール論』、脇功・武谷なおみ訳、作品社）

ところが、これにつづく、公爵家一行が田舎にもっている領地ドンナ・フガータの村に出かけていく場面。別荘の門にも、当然その家紋は彫られていますが、石に刻まれたその山猫は一部がすでに欠けている。シチリアが、そしてシチリアの伝統的一族がこれから経験するであろう歩みを、こまやかな描写で見事に表現しています。
『山猫』という作品の凄みは、このように、実際にシチリアがたどった歴史とシンクロするように、物語の細部が描かれている点にあります。

最後まで読み進めていくと、公爵が亡くなり、かれのかわいがっていた犬も骸《むくろ》となり、虫喰いだらけ、埃だらけになって、窓から投げ捨てられる場面が描かれます。その犬の骸は、一瞬宙で、山猫のように右の前足を高く上げた姿勢を見せて落下し、鉛色の埃の塊と化した――。

これも、凋落していくシチリア貴族のすがたを、犬の死骸に仮託して、しかも侯爵家を象徴する山猫という紋章と重ねて見事に描いた例だと言えるでしょう。

『山猫』の主人公、公爵ドン・ファブリーツィオのモデルは、作者ランペドゥーザの曽祖父であるとも言われています。そしてランペドゥーザ自身は、主人公サリーナ公爵もそうであるように、貴族にして天文学者でもありました。そのためか、天体の動きを観測するように、冷静かつ客観的に現実の動きを、あるいはその後に訪れる事態の推移を、そしてそれを取り囲む人びとの動静を見つめています。

その背後にあるのは、ある種の「諦め」のような心持ちではないか、と思います。人が地上に築き上げるものはことごとく、時がくれば崩れ去る――。そういう諦念が、サリーナ公爵のなかに覗いている。

狩りに出かけた先で、丘の上にある蟻塚を目撃したかれは、次のような考えを抱きます。何世紀にもわたる栄光と未来の繁栄をたたえて築き上げられつつある統一イタリアも、蟻塚のようにもろくはかない代物でしかないのだと。

太古から変わることのないわびしく、不条理な、乾燥したシチリアの大地が、みずからの繁栄を支えてきた――。作者にとって、あるいは主人公である公爵にとって、そんな思いがつねにある。だから、自分が拠《よ》って立つ貴族社会が潰《つい》えていく、崩壊していく、そういうひとつの終焉の意識が、かれらのみずからの老いの問題、迫りくる死の問題に結びついて、絶えずつきまとっているものとして描かれているのです。

8.

スタンダールに学んだ小説の技法

『山猫』の作者ランペドゥーザは、フランスの作家スタンダールをたいへん愛好し、とくに『赤と黒』『パルムの僧院』などの作品に興味をもっていたようです。執筆の傍ら、十六世紀から十九世紀のフランス文学について、自宅の屋敷で私塾のようなかたちで講義をしていたそうで、またランペドゥーザの手になるスタンダール論も残されています（『ランペドゥーザ全小説』には、この講義録も併載されています）。それを読むと、そこでのスタンダール作品の分析が、そのまま『山猫』という長篇小説に投影されていることが見えてきます。前述の、山猫の紋章の例に見られるような、凝縮された暗示的表現などはその好例です。

また、『赤と黒』や『パルムの僧院』がその典型ですが、スタンダールの作品には、語りのなかで時間がどんどん加速していくような様子や感覚が描かれています。そのような表現を、自身の作品でどのように再現し、また自身が綴る言葉のなかに人びとの心情をいかに盛り込んでいくのか——。そうしたスタンダールから学んだ手法を活かして、『山猫』という長篇小説は綴られています。

『山猫』では、一八六〇年から六二年までの二年間という時間が、第一部から第六部にわたって刻まれていく。ところが第七部になると、それから二十年を経た時点——主人公ドン・ファブリーツィオが死んだ一八八二年——に設定されて、いきなり時間がスリップする。そして最後の第八部では、さらに三十年後の時代へ。そこではもう、サリーナ公爵家自体が終わりを迎えている。時間のスケールが急に凝縮され、一気に飛んでいく、そのような描き方が用いられているのです。

こうして『山猫』は、古い伝統を残すシチリアの貴族的な社会が、外部からやってきた近代によって変貌していく様子を見事に捉えた、稀有な傑作長篇小説となりました。

しかしこの作品は、作者の存命中には、誰からも評価されることがありませんでした。この点では、前章で見たトリエステの作家イタロ・ズヴェーヴォと同様です。ランペドゥーザは、『山猫』の原稿をいくつもの大手出版社にもち込みましたが、いずれも断られるという苦い経験を重

8.

ねたのです。ところが、ランペドゥーザが亡くなった後、しかも皮肉なことに、亡くなった翌年の一九五八年に、この作品がミラノの新興出版社フェルトリネッリ社から刊行されると、「埋もれた偉大なシチリア作家の生涯を懸けた傑作」として爆発的に読者を獲得し、翌五九年にはイタリア三大文学賞のひとつ、ストレーガ賞を受賞し、六〇年の暮れには五十刷に至るという驚異的な売れ行きを記録することになったのです。そして、前述のとおり六三年にはルキノ・ヴィスコンティ監督によって原作と同じタイトルで映画化され、国際的にも大きな評価を受けました。ウンベルト・エーコの『薔薇の名前』(一九八〇)が登場するまで、『山猫』は第二次世界大戦後、イタリア最大のベストセラーとして、文学史だけでなく、出版史においても画期的な作品としてその名を刻むことになったのです。これが「『山猫』事件」と呼ばれるセンセーショナルな出来事で、生前のランペドゥーザには到底思いもつかない運命が待っていたのでした。

すぐれた作品を手がけているにもかかわらず、生前はなぜかその価値が認められることがなく、この世を去ってから作品が再評価される——。イタリアでは、こうした「文学事件」がしばしば起こります。とりわけ『山猫』の場合は、作者自身が凋落していくシチリア貴族であったこともふくめて、歴史の流れのなかで朽ち果てていく、肉体だけではない精神のつらさが小説のなかに見事に描かれていたことが、発表当時は埋もれてしまったものの、のちにあらためて読者を獲得することにつながった——。そう考えてもよいかもしれません。

帰れない故郷

もう一人、どうしても取り上げたいシチリア出身の作家がいます。エリオ・ヴィットリーニ（一九〇八～六六）――ファシズムに対するレジスタンス闘争、その終盤のミラノにおける攻防を描いた小説『人間と人間にあらざる者たち』（一九四五）によって、いわゆるネオレアリズモの代表的作家として、第二次世界大戦直後から、イタリアのみならず、アメリカでもひろくその名前を知られた小説家です。一九〇八年生まれのヴィットリーニは、青年期には革命思想としてのファシズムに傾倒しますが、イタリアのファシスト政府がスペイン内戦においてフランコ軍へ加担したのを機に、反ファシズム闘争に身を投じ、その後晩年まで、左翼文化人の中心的オーガナイザーとして活躍した特異な存在です。

ヴィットリーニは、この章のはじめに言及した詩人サルヴァトーレ・クァジーモドと、ある時期、ほぼ「お隣さん」と言えるくらい近所で暮らしていたことがあります。二人の父親は、ともに鉄道員でした。あるとき、クァジーモド家とヴィットリーニ家のそれぞれが転勤のために移動してきた官舎が同じで、偶然、その家はほぼ隣だったのです。未来のノーベル賞詩人とイタリアのネオレアリズモを代表する作家が、少年時代に隣り合わせに暮らしていた、というのはなんとも興味深い逸話です。

ヴィットリーニについて取り上げたいと考えたのは、一九四一年に発表された長篇小説『シチ

8.

リアでの会話』が、故郷シチリアへの「帰郷」をテーマにしている作品だからです。

あの冬ぼくは、わけのわからない怒りにとらわれていた。それがどんなものかは言わないことにする。そのために語りはじめたのではないのだから。けれどその怒りが、心躍らせる勇ましいものでもなく、わけのわからないものだということは、言っておく必要がある。とにかく「失われた人類」のための怒りなのだ。

なのに、あるものはといえばこんなものばかりだった。雨、新聞の見出しに踊る殺戮、ぼくの破れ靴に浸み込む水、押し黙った友人たち、もの言わぬ夢のようなぼくの生活、そして、希望の潰えた心の落ち着き。

(『シチリアでの会話』、筆者訳†)

小説の冒頭部分はこのようにはじまります。

主人公シルヴェストロは、わけのわからない「怒り」のやり場もなく、無力感と無気力の日々をミラノで送っていました。母と別れたと告げる父親からの手紙が引き金となって、十五年ぶりに、故郷シチリアの山間の村に向かって、母親の誕生日の前日である十二月六日に列車に乗り込みます。車中、乗り合わせた人びととの出会いと会話が「帰郷」に陰影をあたえていきます。イタリア半島とシチリア島をつなぐメッシーナ海峡を渡って島へと上陸、故郷の村で一晩を過ごしますが、そこでの母親との「会話」から、かつての記憶がよみがえり、忘れていた記憶があらたに縁取られていく。そして翌日、シルヴェストロは、母親の働く病院のマラリアと結核の患者たちのすがたに、「無防備で虐げられた世界」に心を痛めることの意味と手立てを見いだし、「連帯」の必要性をあらためて知ります。わずか一昼夜の滞在中の濃厚で凝縮した時間と記憶と発見が綴られ、そしてふたたびミラノへの「帰還」が語られていく――。

ピランデッロの作品に描かれていたアメリカへの移民もふくめて、主人公シルヴェストロのようにシチリア島を後にしていく同郷人たちを、シチリアに残って暮らす人たちがどのように眺めていたのかが、『シチリアでの会話』という作品では見事にすくい取られています。

たとえば、物語のはじめのほうで、ミラノから半島を南下してきた列車が車両ごと船に積まれて出港し、シチリア島のメッシーナ港に向かう船の上で、シルヴェストロとシチリアの農夫たちが交わす会話。そのとき農夫たちが手にしているオレンジが、象徴的なものとして描かれます。シルヴェストロは、自分も同じシチリアの人間であることを農夫たちに伝えたいけれど、農夫たちは取り合ってくれない。それは、農夫たちが「この人物はアメリカに移民して、ゆたかになって故郷に帰ってきた人物だ」と思いたいからです。シルヴェストロがいくらおずおずと「自分はシチリアの出身なんだ、イタリアで暮らしているんだ」と伝えようとしても、まったく聞いてもらえない。

そこで交わされる会話のなかに、「アメリカでは朝食にどんなものを食べるのか」という話題が出てきます。農民たちは、アメリカで財を成して帰ってきた人物だと思い込んでいるシルヴェストロに向かって、「自分たちはいつもオレンジばっかり食べている。穫れすぎてしまって値が暴落して、売れないから、オレンジを食べるしかないのだ」という現実を見せる。シルヴェストロはそれに途惑いながら、かつて自分自身もそこで生きてきた貧しい現実を、またいまこうして目にしているにもかかわらず、「自分もそれを知っている」とは言い出せないでいる。そんな葛藤が、さりげない会話のやりとりのなかで描かれていきます。

「帰郷」「故郷に戻る」ということが、シチリアという島に暮らしつづける人びとにとって、いったいどのようなものなのか。そして、かれらのその願望が裏切られないかたちで帰郷は果たされなければならない、というなんとも残酷で皮肉な描写が、静かにしかし延々とつづきます。

ヴィットリーニの詩学

『シチリアでの会話』は、ネオレアリズモ——戦後まもなくアメリカで、文学よりまずは映画において観客を魅了したイタリアの文芸潮流——の文学における傑作として大きな話題を呼び、ヴィットリーニの代表作として知られることになりました。

ヴィットリーニは、みずからの作品の創作だけでなく、ヘミングウェイやフォークナー、シャーウッド・アンダーソンなどアメリカ文学の作品を訳したことでも知られています。トリノの章で、やはり英米文学を訳したことを紹介したパヴェーゼが、大学で英文学を専攻していたのとは対照的に、ヴィットリーニは独学で英語を学びました。そうしてふれたアメリカ文学の影響がかれの作品にどのように注入されているのかは、『シチリアでの会話』のなかにも明らかに見て取れますが、その点をより深く理解するために、ひとつのアメリカ文学のアンソロジーを紹介します。

それは、ヴィットリーニが編訳をして一九四〇年に刊行された、『アメリカーナ』と題された途轍《とてつ》もなく厚いアンソロジーです。映画を筆頭に、アメリカ文化への門戸を閉ざしつつあった当時のファシズム体制下にあって、その出版が実現するまでには、厳しい検閲など幾多の困難があったことは言うまでもありません。実際に、ヴィットリーニによる巻頭の序文が、ファシズム体制のおぼえめでたい学者・評論家のものに差し替えを命じられたりもしました。しかし、編者ヴィットリーニのほかにも、チェーザレ・パヴェーゼ、エウジェニオ・モンターレ、アルベルト・モラヴィアといった錚々たる作家・詩人たちが訳者として名を連ね、一九三〇年代までのアメリカ作家三十三名の作品を収めたこのアンソロジーは、反ユダヤを掲げる「人種法」(一九三八)の制定・施行を経て、一気に閉塞感の増していた当時のイタリア社会において、政治的な意味でも、ある種の希望をもたらす出来事であったことは間違いないでしょう。まさに『シチリアでの会話』で描かれた「わけのわからない怒り」が鬱屈するなかで、体制の推奨する価値観とは相容れない「自由」への扉として、アメリカ文学は読者に手渡されたのです。パヴェーゼはこの書物を「一人の詩人が固有の詩学の歴史として見た文学史」であると記しています。

もっとも、ヴィットリーニ自身による翻訳は、〝相当に大胆な仕儀〟には違いなかったようです。それは独学による語学的限界というよりは、もっぱら、未知のアメリカの作家や作品をできるかぎりイタリアの読者に身近に受けとめてもらいたいという、彼のやや勇んだ意志・意図によるものであったと言えるかもしれません。のちに一九五〇年代、カルヴィーノと組んだ雑誌『メナボ』で本格的な展開をみる創造行為としての翻訳、「翻訳＝創作」論の先駆けとも映る、ヴィットリーニの詩学の実践と言ってもよいでしょう。帰郷や帰還などの旅、生きるうえでの憤怒や諦念、幼少期の記憶――。このアンソロジーに頻出するこれらの主題は、翌年に刊行される『シチリアでの会話』において、ヴィットリーニ自身の言葉として表現されるものであることに注目したいと思います。

8.

寓話として存在するシチリア

同じイタリアとは言いながら、半島部とは大きく異なる歴史を刻んできたシチリア。この島がもっている独特のゆたかさを、たとえば寓話的に捉えようとしたら、どのようなことが起こるのか――。最後にそのひとつの例を取り上げて、この章を閉じることにします。

ディーノ・ブッツァーティ――ミラノで暮らした新聞記者にして、山登りの大好きだった幻想文学作家が、『シチリアを征服したクマ王国の物語』（一九四五）という作品を残しています。その物語のなかには、この章を通じて見てきたように、残酷な現実につねに向き合わなければならなかったシチリアという島は、もしかしたら、じつはとても伸びやかな歴史を刻みえていたのかもしれない――。そんな可能性が、ユーモラスにそして抒情的に描かれています。

この作品は、詩人・天沢《あまざわ》退二郎の味わい深い日本語訳で読むことができます。冒頭は、険しく聳え立つ山々の岩壁で宙吊りにされているクマらしきすがたが見えるイラスト（ブッツァーティ自身の手になる）とともに、「とおいむかし、シチリアの、古代の山の中で、二人の猟師が子グマのトニオをつかまえた。トニオは、クマたちの王レオンツィオの息子だった。しかし、この事件が起きたのは、わたしたちの物語のはじまりよりも、何年かまえのことである」と書き出されます。そして登場人物と舞台の紹介があり、いよいよ物語がはじまり、クマたちとシチリアの長い歴史が、詩を織り交ぜながら綴られていきます。

さて、それでは、まばたきもしないできこうではないか、
あの有名《ゆうめい》な、シチリアを征服《せいふく》したクマ王国の物語《ものがたり》を。

それは、とおいむかしのこと、
けものたちは善良《ぜんりょう》で、人間は性悪《しょうわる》だった。

8.

そのころのシチリアは、いまのようではなく、
ずいぶんちがっていたものだ。
（『シチリアを征服したクマ王国の物語』、天沢退二郎・増山暁子訳、福音館文庫）

厳しい冬の飢えと寒さにたまりかねたクマたちが、洞窟の棲み家から山を下りていくと、そこには残忍な大公が、人喰い鬼や幽霊や魔法使いや化け猫と待ち構えていた。シチリアの平和を、本当のすがたを取り戻すために、獅子奮迅――「クマ奮迅」でしょうか――の活躍をして平定すると、あっさりそこを立ち去っていく。おもしろくて切ない、そんな物語です。

シチリアのことを考えるとき、わたし自身よく読み返す作品のひとつです。挿画のイラストもすばらしく、シチリアに興味をもったら、ぜひ読んでほしい一冊です。

地中海でももっとも大きく、ゆたかな歴史と文化の土壌があるシチリア島の文学地図を、駆け足でめぐってきました。次章では、そこからまた少しだけイタリア半島に戻って、半島のなかにあるにもかかわらず、イタリアの現実が届かない――。そんな地域について考えていきましょう。

シチリア島南部・アグリジェントの「神殿の谷」に残る、ユーノー（ギリシャ神話ではヘラ）神殿［筆者撮影］

9. 半島のなかの異郷

──『キリストはエボリで止まった』と『フォンタマーラ』

イタリアもまたエボリで止まった

この章では、これまで通り過ぎてきてしまった地域、イタリア半島のなか──いわゆる本土にありながら、なかなか顧みられることのない土地に目を向けて、そこについて書いた二人の作家とその代表作を読みながら、「半島のなかの異郷」というテーマについて考えます。

最初に取り上げるのは、カルロ・レーヴィ（一九〇二～七五）。ファシズム体制下での政治活動が理由で、しばらくのあいだ、半島のなかの山間部の寒村への流刑に処せられた彼は、のちにその体験をまとめ、一九四五年に『キリストはエボリで止まった』という作品として発表しました。

このカルロ・レーヴィの代表作は、日本では、ある世代以上の人にとっては馴染み深いものかもしれません。日本ではかなり早い時期から、さまざまなかたちで紹介されてきました。もっとも早いものは、戦後まもない一九五三年、朝日新聞の元特派員で、ローマに長く駐在をしていた清水三郎治《さぶろうじ》による翻訳でした。その邦題は『キリストはエボリに止りぬ』というもので、わたしも学生時代からずっと、このタイトルに馴染んできました（『キリストはエボリで止まった』は、二〇一六年に刊行された竹山博英による岩波文庫の新訳版のタイトル）。ほかにも、ファシズム体制当時のイタリアで讀賣新聞ローマ特派員を務めていた山崎功による翻訳が、ほぼ同時期の五〇年代後半に出ています。

では、そのエボリとはいったいどこにあるのでしょうか。

ナポリから列車で南下し、サレルノ湾湾岸の都市サレルノを過ぎてもうしばらく進んで、内陸に少し入っていくと、エボリというちいさな駅に到着します。

小説のタイトル『キリストはエボリで止まった』の「止まった」という言葉は、象徴的な意味で用いられています。つまり、「イタリア」という国は、当時の鉄道がそうであったように、エボリまでしか到達していない、その先には届かない、存在していないということを意味しているのです。

流刑体験から生まれた鋭い目

作者のカルロ・レーヴィは、もともと医師を志してトリノ大学で学び、実際に医師となりまし

9.

た。一方で、若いときから絵の才能にも卓越していて、パリ・モンパルナスで活躍した画家アメデオ・モディリアーニにその才能を高く認められたり、ヴェネツィア・ビエンナーレで作品を評価されたりするほどのすぐれた画家でもありました。本書でたびたび話題にしているイタロ・カルヴィーノの肖像画を、レーヴィは長年にわたり、何点も手がけています。

ファシズム体制下、カルロ・レーヴィは、トリノとパリとのあいだを頻繁に往復しながら――これには画家としての活動も関わっていたのでしょう――、共産主義者を除く自由主義者・社会主義者・共和主義者を糾合した反ファシズム体制運動グループ「正義と自由」の中心人物の一人として、活動をつづけていました。しかし一九三四年三月、そして翌三五年五月の二度におよぶ一斉検挙により、「正義と自由」グループは壊滅的打撃を蒙ります。

そのなかで、レーヴィ自身も二度とも逮捕されます。最初は二ヶ月足らずで釈放されたものの、三五年の二度目の逮捕時には、七月十五日から南イタリアへ三年の刑期で流刑に処せられます。最初に送られたのはルカーニアという地域にあるグラッサーノという町で、そこに一ヶ月ほど留められたのち、世界遺産の洞窟住居群地区（サッシ）で知られるマテーラの近郊にあるアリアーノというちいさな村に移管され、流刑生活を送ることになります。イタリア半島の、長靴形のちょうど〝土踏まず〟のあたりと言えば、その位置がイメージできるのではないかと思います。『キリストはエボリで止まった』のなかでは、このアリアーノと思しき村が「ガリアーノ」という名で登場します。この山間の寒村でのカルロ・レーヴィ自身の流刑体験に基づいて描かれたのが、この作品なのです。

ただ、その流刑の体験をレーヴィ自身が綴るのは、まだしばらく先のことでした。三六年五月二十六日、イタリアのエチオピア併合による恩赦を受けて釈放されたレーヴィは、亡命先のフランスで政治活動をつづけるという選択をします。四一年には、身の危険を顧みずフランスからフィレンツェに戻り、詩人エウジェニオ・モンターレのもとに身を寄せていたレーヴィは、行動党（一九二四年から四七年まで存在した中道左派政党）に参加し、トスカーナ解放委員会の中枢の一員として抵抗運動をつづけます。

余談ですが、それから四四年までつづいたモンターレ宅での居候暮らしのなかで、レーヴィは同じ居候仲間として、未来の伴侶の父、トリエステの詩人ウンベルト・サバの知己を得ます。

四三年九月八日、イタリアが連合国軍に無条件降伏すると、国全体が内戦状態に入りました。ファシスト・ナチス軍と連合国軍とのあいだで戦争がつづくなかで、みずからの手で自由を勝ち取ろうと、パルチザンとして参加する人びとが、半島各地でレジスタンス闘争を繰りひろげます。

フィレンツェで活動中に、ふたたび逮捕され刑務所に収監されていたレーヴィですが、四三年にムッソリーニが拘束されたのちに解放されます。そして、レジスタンス闘争がつづくなか、フィレンツェ中央駅から進んでいってアルノ川を渡った界隈の、ピッティ宮の正面玄関が見下ろせるちいさな部屋を隠れ家として、その年の暮れから翌年七月まで、かつての流刑体験を書き継いでいきました。

9.

トリノの章（第三章）で紹介したエイナウディ社から『キリストはエボリで止まった』として出版されたのは四五年、イタリアがファシスト勢力から解放された後のことでした。

当初、「評論」の叢書として出版されたこの作品は、刊行の翌年から版を重ね、またフランスのジャン＝ポール・サルトルによる賛辞などもあって、ネオレアリズモの代表作としてイタリア以上に国外で高く評価されることになりました。国内においても、総選挙が行われ、教育をふくむ国家のあり方が大きな変化を迎えた六三年以降は、カルヴィーノや、みずからの収容所体験を描いた『これが人間か』で知られるプリモ・レーヴィの作品と並ぶ、学校教育の必須の教材として定着することになるのです。

この土地の言葉を、イタリアは知らない

レーヴィが『キリストはエボリで止まった』で描いているのは、先ほどふれたように長靴形をしたイタリア半島の〝土踏まず〟に位置する架空の村ガリアーノ。実在する地方名でいえばバジリカータ州、さらに細かく言えば、「ルカーニア」と呼び習わされている土地にある寒村、という設定になっています。この村――実質的には、レーヴィが流刑に処されたアリアーノという村そのものだと言ってよいでしょう――を舞台として、レーヴィ自身がそこで目にした様子を綴っていきましたが、『キリストはエボリで止まった』というタイトルの言葉が、すべてを物語って

いると言ってもよいと思います。

そのタイトルの秘密を明かす一節が、冒頭にあります。

「おれたちはキリスト教徒ではない」と彼らは言う。「キリストはエボリで止まってしまった」彼らの言葉でキリスト教徒とは、人間のことだ。この何度も繰り返されるのを聞いた、格言のような表現は、彼らの言い方では、ある慰め得ない劣等感を表す以外の何ものでもないのだろう。おれたちはキリスト教徒ではないし、人間でもない。

（『キリストはエボリで止まった』、竹山博英訳、岩波文庫）

この村で暮らす人びとが、自らのことをどう捉え、村の外の「イタリア」からどのように見られていると認識しているか、ということがこのように綴られています。この言葉を、レーヴィは読者に向けて、次のように読み解きます。

キリストは本当にエボリで止まってしまった。そこでは鉄道や道路がサレルノ海岸からそれて、ルカニアの荒廃した土地に入って来るのだ。キリストはここまで来なかった、時間も、個人の魂も、希望も、原因と結果の因果律も、理性も、「歴史」も。キリストはやって来なかった。古代ローマ人がそうであったように。彼らは街道筋に駐屯していたが、山岳地帯や

9.

——森林地帯には入り込んでこなかった。

（同前）

つまり、文明と呼ばれるあらゆるものが、山や森を遠く越えたところにあるこのバジリカータの村までたどり着くことはなかった。それは、単に交通や鉄道網が遮断されているということを意味しているのではありません。十九世紀後半に初の統一王国が成立し、「イタリア」という国が誕生しましたが、同じ半島にあるこの土地には、その文明も文化もまったく届かなかった。もっと言えば、それ以前、中世以来この地域を勢力下に収めていたナポリ王国時代の文明も文化も、この村にやってくることはなかったのです。そんな驚くべき現実を、この村で流刑者として暮らすなかで、レーヴィは身をもって体験します。

「イタリア」の歴史も文化も届かないこの土地で話される言葉は、レーヴィたち——つまり、イタリアの人びと——の知っている言語ではありませんでした。

——

私たちは異なった言葉を話している。私たちの言葉はここでは理解不可能だ。大旅行家たちは自分の世界の境界外には行かなかった。そして自分の心の道しか、自分なりの善悪の基準、自分なりの道徳と救済の道しかたどらなかった。

（同前）

イタリア半島のなかにありながら、この村ではイタリア語とはまったく別の言語が話されている。そしてここには、「イタリア」となったほかの地域ではすっかり廃れたはずの民間の魔術信仰のようなものが、手つかずのまま生き延びている。しかも、ただ残っているだけではなく、それがいまも現実に村の人びとの暮らしをつなぐ大事な要素になっています。たとえば、洗礼を受けないまま亡くなった子どもの霊である「モナキッチョ」と呼ばれる無邪気な妖精の存在や、人狼にまつわる言い伝え、病気の快癒を祈るための呪文や呪詛《じゅそ》など、日々の暮らしを支える多様でゆたかな信仰や習慣が、レーヴィの目をとおして、詳細に描き出されています。

レーヴィが見つけた「希望」

イタリア半島のなかにありながら、イタリアの文明が届いていない、届かなかったこの村では、とても貧しく、悲惨な暮らしが営まれていた——。事実としては、そう言って間違いないと思います。しかしレーヴィは、みずからそこに身を置いて暮らすなかで、そこになにか「不思議な明るさ」のようなものを感じとりました。かれはそれを、絶望的な状況に置かれた人間が、それでも未来に向けてつねに何らかの希望の印を見つけようとする「意志」の表れとして捉えたようです。もっと言えば、レーヴィ自身が、村の人びとの生きる姿勢のなかに、人間存在に対するゆるぎない信頼を見いだしたのかもしれません。

もともとこの地域は封建的な土地所有制度の支配下にありましたが、イタリア王国という統一

9.

国家の誕生によって、突如その体制が崩壊し、人びとは社会・経済システムの埒外《らちがい》に放り出されてしまった。そこで、この村で暮らす人びとのような下層農民たちは、みずからの権益――いや、権益などとは言えない、自分たちのぎりぎりの暮らしのためのささやかなものを守るために、集団として行動を開始しました。

それはやがて、中央政府から「山賊」と呼ばれる存在となっていきます。実際、バジリカータの全域では、イタリアが王国として統一された一八六一年から六五年にかけて、大規模な集団反乱が起きました。その主たる担い手が、いま述べたような「山賊」――困窮した農民たちが徒党を組んだものだったと言われています。

一方で、先ほど述べたように、他の地域では失われたかつての文化・風習が残っているこの地域は、イタリア国内はもちろん、外国の人にとっても不思議な魅力をもつ場所でもあります。外部から訪れた人びとはしばしば、とりわけ文化人類学的な興味を掻き立てられ、いまなお息づく呪術的風習的なものを掘り起こし、再現することを試みようとします。これは、わたしたちが《異郷・秘境》とされるものに向ける眼差しについても問われる、現代にも通じる問題だと思います。

ただ、そこで暮らす人びとは、レーヴィが見通したように希望を失わずに生きる誇り高さをたしかにもっているかもしれませんが、一方で、日々の暮らし自体が悲惨なものであることは厳然たる事実です。村は、かれらにとって切実な生の現場にほかならない。その村に外からやってきて、かれらの生活を記録していく人びとに対する村人の眼差しは、当然ながら懐疑的、いや、相当に厳しいものであったに違いありません。一九三〇年代半ば、流刑者として訪れたトリノの知識人を、村人たちはいったいどんな目で見つめていたのか――。

「ルカーニア」という地名は、ラテン語の「森という言葉は光のないことに由来する」という言い回しからつけられたとも言われています。光の射さない土地――。ここは宿命的に、そういう場所だったということでしょうか。

「南部問題」をめぐる無理解

そうした悲惨な現実に対して、そこに暮らす人びとはどう対応したのか。

貧しい状況を抜け出そうと、アメリカに富を求めて移民をする――。前章のシチリアの貧しい農民たちの場合と同様に、そのような選択をする人びとが後を絶ちませんでした。そして、これもまたシチリアの例と同じように、アメリカに渡ってしばらく暮らしたものの、移民先での生活に馴染むことができずに故郷に帰ってくる、つまりふたたび悲惨な生活へと舞い戻ってしまう例が少なくありませんでした。

そんな「帰還移民」の様子や実状も、この作品では描き出されています。

9.

農民はアメリカに行くが、そのままの自分であり続ける。（中略）帰ってきたものたちは、二十年後も、発った時と同じである。わずかに覚えた英語は三カ月で忘れ去られ、うわべの習慣は捨て去られ、農民はかつてと同じものになる。（中略）アメリカで彼らは片隅で、自分たちだけの間で生きる。アメリカの生活には参加せず、ガリアーノと同じように、何年もパンだけ食べ、わずかなお金を貯める。彼らは天国の近くにいるが、そこに入ろうとしない。そしてある日イタリアに帰ってくる。

（同前）

「いつも変わらぬ、永遠の窮乏」に帰着する、イタリアにおけるアメリカへの移民の問題というテーマは、この後に取り上げる作家と作品を通して、あらためて掘り下げてみたいと思います。

レーヴィは、流刑生活で体験した《半島のなかの異郷》を小説に綴りましたが、その結末近くで読者に伝えようとしているのは、もっぱら、その《異郷》で生きる人びとが直面している、イタリアの南北間の格差の問題、いわゆる「南部問題」についてでした。

この問題についてはいちはやく、アントニオ・グラムシ――ファシスト政権によって捕らえられ、獄中でその思想を膨大なノートに綴った二十世紀を代表する孤高の思想家――が、いつまでも解消されることのないその現実の根深さについて、非常に鋭い分析を行っています。

南イタリアへの流刑によってその悲惨な現実を目の当たりにしたレーヴィは、やはりこの構造的な問題を訴えつづけました。しかし、「常に無理解の壁に跳ね返されてきた」と自身の作品のなかに綴っています。「政治家たちの完全な無理解」という強い表現で、政治家たちは、自分が伝える南イタリアの情勢に耳を傾けることはするけれど、かれらの無理解に変化は見られない。それは、かれらがつねに「北イタリアの無用の長物」として南イタリアを考えているからだ、と述べます。政治家や知識人たちは、高みからしか見ていない、と。

国家が南部問題を解決することはあり得ない、それは私たちが南部問題と呼ぶものが国家の問題に他ならないからだ（同前）

しかも、「ファシズム統治下の十五年間が、すべてのものに南部問題を忘れさせた」せいで、いくら必死に訴えても、政治家たちにはなかなか伝わらないという戦後のイタリアの状況がある。もし、レーヴィ自身がその南イタリア出身の作家であったとしたら、もう少し違った言葉で、その訴えを表現できたのではないか。おそらくそこに、北イタリア出身の、トリノの知識人であるレーヴィの、ある種の限界があったのかもしれません。

『キリストはエボリで止まった』というタイトルが如実に示しているように、南イタリア――イタリアのなかの《異郷》には、大文字の、つまり公的な「歴史」は刻まれていない、別の時間を生きているという現実がたしかにある。つまり、わたしたちが通常、「あの出来事、あの歴史を忘れた」「あの出来事を忘れないように記憶にとどめよう」といった歴史に関する議論をする際

9.

に、南イタリアのかの村での出来事は、その射程にいっさい入っていないのです。

わたし自身はこういったイタリアが抱える矛盾した恒久的とも言える状況について、よくこう言います。本来、歴史——大文字の歴史——は、個人から、家族、そしてすべての人びととの問題へ、と拡大していく。しかし、それが決定的に失敗している、ただただ失敗を重ねていくことの証明として、いわば陰画のようなかたちでしか、南イタリアの歴史、《半島のなかの異郷》の歴史は、刻まれないのではないかと思うのです。普通のイタリアでなら、たとえば記憶と忘却が競うようにして刻まれていく歴史が、南イタリアでは、そもそも時間との闘いになることはなく、端《はな》から《空白》としてしか、そこには存在しないのです。

『キリストはエボリで止まった』は、ネオレアリズモの名だたる映画監督たちの助監督を務めたのち、二十世紀イタリア映画を代表する監督となったフランチェスコ・ロージによって、一九七九年、ジャン・マリア・ヴォロンテ主演で映画化され（邦題『エボリ』）、ふたたび大きな関心を呼ぶことになりました。原作とともに、ぜひご覧いただきたい一本です。

架空の南部の村・フォンタマーラ

ここからは、イニャツィオ・シローネ（一九〇〇〜七八）という作家と、その小説『フォンタマーラ』（一九三三）について見ていきましょう。

イニャツィオ・シローネ（本名セコンディーノ・トランクイッリ）は、一九〇〇年、イタリア中部アブルッツォ地方ラクイラ近郊の山間の村に生まれました。十四歳で両親を失った後は、国内を転々としつつ、学業の傍ら、若くして社会主義活動家として頭角を現します。ロシア革命に共鳴し、やがて先に名前を挙げたグラムシらと、一九二一年のイタリア共産党創立の中心的役割を果たします。同年のコミンテルン（共産主義インターナショナル）第三回世界大会に出席後は、ジャーナリストとして旺盛な執筆活動を開始しますが、同時に、ファシスト政権下で逮捕、投獄、脱走、国外追放、亡命などを繰り返し、二〇年代はめまぐるしい生活をつづけます。その後、スターリンとトロツキーいずれにも与《くみ》しない態度がスターリン派の党内主流派の反撥を呼び、三一年七月には共産党から追放処分を受けることになります。その直後に完成させたのが、小説『フォンタマーラ』でした。

二九年に、亡命先のスイス・アルプスの小村ダヴォスで書きはじめられた小説は、シローネの生まれ故郷アブルッツォ地方のフーチノ平原の一角にあるペシーナという農村によく似た、架空の村フォンタマーラを舞台にしています。

亡命先のスイスで執筆されたという事情もあり、最初はドイツ語版がチューリッヒ、ついでバーゼルで刊行され、イタリア語版はしばらく地下出版物として流通していました。そして戦後の一九四九年、ミラノの出版社から改訂新版というかたちで、内容的にもかなり手を加えられて出版されました。

『フォンタマーラ』は、前章で紹介したエリオ・ヴィットリーニの『シチリアでの会話』と並んで、ネオレアリズモを代表する戦後最初期のルポルタージュ文学として、とくにアメリカで好評を博しました。また、先ほど取り上げた『キリストはエボリで止まった』と同様に、日本では、戦後まもないころから、シローネの作品が複数翻訳紹介され、五二年には当の『フォンタマーラ』も出て注目を集めていましたが、ある時点を境に途切れてしまう、という経緯をたどりました。二〇二一年に、フィレンツェ在住のイタリア文学者、齋藤ゆかりによる新訳版が刊行され、ようやく手軽な文庫のかたちでこの名作を読むことができるようになりました。

9.

「言葉」というインデックス

『フォンタマーラ』という作品は、大胆に要約すれば、けっして歴史の表舞台に登場することのない村とそこに暮らす人びとが、もし仮に自身の言葉を得てみずからの歴史と現実を語ったとしたら、はたしていかなる出来事がどのように綴られることになるのだろうか、という空想科学小説的とも映る設定のもとに生まれた、ルポルタージュにして、特異なリアリズム小説です。そのなかに、『キリストはエボリで止まった』を通して縷々《るる》述べてきたイタリアの「南部問題」が、また別の角度から記されてもいます。

まずは語り手の視点。流刑に処せられてやってきた外部の人間が見たものを綴った『キリストはエボリで止まった』に対して、『フォンタマーラ』では、村に暮らす住人自身が語り手です。時代設定は定かではありませんが、序文の最後のところで、シローネの署名の後に「一九三〇年」と記されており、二十世紀初頭を描いていると推測できます。

文章は、基本的に過去形で語られます。そして、かなりの速度で出来事が綴られていき、時折休止が挟まれます。一人称の語り手である人物は、ベラールドという村人らしい。かれ自身、物語のなかで登場人物の一人として動き回り、同時にこの村で起きる出来事の証人として語り手を務めるという位置づけがなされています。

去年の六月一日のこと、フォンタマーラではじめて電灯がつかなくなった。六月二日、六月三日、六月四日も電灯なしの日が続いた。それに次ぐ日も、次の月も同じで、そのうちフォンタマーラは、月明かりの暮らしに戻って、再びそれでも平気になった。フォンタマーラでは、月明かりの暮らしからオリーヴオイルと石油を経て電灯の暮らしに至るのに百年かかったが、電灯から月明かりに戻るのには、一晩で足りた。

若い連中は昔のことを知らんが、わしら年寄りは知っておる。ピエモンテの連中がこの七十年にもたらした新しいものといえば、要するに二つ、電灯と紙煙草だ。電灯は取り上げられちまったが、はて、紙煙草は？　一度吸ったら、運の尽きさ。もっとも、わしらは、パイプがあれば充分だがな。

（『フォンタマーラ』、齋藤ゆかり訳、光文社古典新訳文庫）

9.

注目すべきは、その語彙と文体です。共通言語としての「イタリア語」を知らないフォンタマーラ村の人びと――《cafoni《カフォーニ》》という、「田舎者」や「村人」を意味する特異な言葉（齋藤訳では「どん百姓」）で呼ばれています――が、正しいイタリア語を学び習得しようとして綴った文章という設定になっているのです。そして、そのような文章が時どき、急に転調することがあります。とくに自然の描写などで、一人称の語りを離れて三人称の語りになり、形容詞がふんだんに重ねられ、ゆたかなイタリア語らしい描写が現れる。その対比が、この作品の非常におもしろい、すぐれた部分ではないかと思います。

架空の地名であるフォンタマーラとは、「フォンテ・アマーラ（fonte amara）」、つまり「苦い泉」という意味の言葉からつくられた造語で、「象徴としての聖水」と考えればよいでしょう。『キリストはエボリで止まった』のバジリカータの村と同様に、ここでもやはり、キリストはゆたかな恩恵をもたらしてはくれなかった。そうであるがゆえに――皮肉なことに、と言うべきでしょうか――、フォンタマーラという土地には、ほかのイタリア各地では失われてしまったキリスト教の清貧思想が、より厳密なかたちでいまなお息づいているのです。

物語の内容としては、そのようにして世界から孤絶した寒村の暮らしがひたすら綴られます。余所者がこの村にはじめて到着したときに、この場所をどのように見るのかという風景も見事に描かれています。しかし、読んでいて、違和感もふくめてもっとも気になるのは、やはりここで話される「イタリア語」の問題ではないでしょうか。「これから私が語る奇怪な出来事は、昨年の夏、フォンタマーラで起きた」と書き出される序の部分で、この土地にはイタリア語は存在しない、理解されないのだ——ということを、シローネはみずからの言葉として記しています。

まかりまちがってもフォンタマーラの村人がイタリア語を話すなどとは考えないでもらいたい。イタリア語はわれわれにとって、ラテン語やフランス語、エスペラント語と同様、学校で習う言葉なのだ。語彙も文法もわれわれとはなんの接点もないところで成り立った、いわば外国語、死語で、われわれの行動や考え方、表現方法とは縁がない。(中略)われわれの考えは、イタリア語にして伝え表そうとすると、どうしても歪みや変質が生じて、いかにも翻訳然としたものになってしまう。(中略)ある言語で上手に表現するには、まずその言葉で考えることを学ばなければならないのが事実であるとすれば、イタリア語で表現するのに苦心惨憺するわれわれは、明らかにイタリア語で考えることができていない(中略)ということになる。(同前)

この作品のなかで使われる言葉はつねに「借り物」でしかない。したがって思想も借り物でしかない——。シローネは、このことをまず読者に伝えようとします。フォンタマーラという村、そしてこの地域について語るために、そもそも「どの言語で語るのか」ということが、作者にとってはいちばんの問題だったのです。

だから、この村に、どこからか余所者――作中ではしばしば「都会からやってきたやつ」のように表現されます――がやってくると、それは言葉ですぐにわかってしまう。言葉はつねに、雄弁なインデックス（指標）として示されているのです。

たとえば、村には四十年も司祭がいないという事実が、読み進めるとわかってきます。読み書きができることがまだ特別なものであった時代において、宗教的な教えに乗せて、人びとに「言葉」をもたらす役割を担っていたのは、司祭にほかなりません。では、いったいなぜ四十年ものあいだ司祭が不在、着任しないままなのか。請願はつづけているが、そのための予算がつかない――。単純に言えばそういうことです。レーヴィが見たバジリカータの村の場合と同様に、政治の恩恵は、このアブルッツォの山奥にはとどかないということが描かれているのです。

9. まだ見ぬ《異郷》への想像力

この章において、《半島のなかの異郷》と名づけて取り上げたそれぞれの地域は、地図で見れば、イタリアの主要な都市から途方もない距離があるわけではなく、それほどアクセスが困難であるとは思えない場所に感じられるかもしれません。現在では、自動車を使えば十分にアクセス可能な場所だと言えないことはないでしょう。しかし、たとえば公共の交通機関を使って訪ねようと思ったら、今日でもなお、おいそれと行ける場所ではけっしてない。その事実から、そこで営まれている生活の様子を推測するのは、難しいことではないでしょう。

カルロ・レーヴィとシローネ、二人の作品を題材に、南イタリアに存在する取り残された地域の問題について論じてきました。そこであらためて思い当たるのは、それが今回取り上げたふたつの地域だけに限られたことではなく、イタリアにはほかにもたくさん、同じような《半島のなかの異郷》がいまなお存在するという事実です。

それをわたしたちが知ることで、なにができるのだろうか。もし、そこで想像力をひろげることができれば、今度は世界のほかの地域にもある——それはわたしたち自身の身近なところにもある——そのような《異郷》に視線をおよばせることができるかもしれない。そうした可能性をつかみ取るためにも、本章で取り上げたふたつの作品を、ぜひ読んでいただきたいと思います。

シローネにはもうひとつ、『葡萄酒とパン』（一九三七）というすぐれた小説があります。そのタイトルが示しているのは、イタリアを代表する二つの食材が、イタリアの「大文字の歴史」のなかでどのような意味をもち、一方、その「大文字の歴史」が届かない場所ではどのような意味をもつのか、という問題です。わたしたち自身が、《別の視線》を手に入れるためにも、この作品を併せて読んでいただければと思います。

10. 陽気と喧噪の裏側
――フェッランテ、モランテとナポリ

文学に愛される街・ナポリ

誰もがよく知るイタリアの大都市のひとつ、ナポリは、独特の歴史と文化を誇る街です。そして、各国の名だたる文学者たちが好んで訪れた街としても知られています。ゲーテは言うまでもなく、オスカー・ワイルド、スタンダール、あるいはドストエフスキーなど。二十世紀に入ってからで言えば、フランスの哲学者・作家のサルトルがナポリをことのほか好んでいた、ということも有名です。

一方、イタリア国内に目を向けると、「ナポリの作家」を考えたとき、現代だけに絞っても大勢のすぐれた作家たちの名前を挙げることができます。残念ながら本書では詳しくふれられませんが、とりわけ忘れることのできない存在として、エドゥアルド・デ・フィリッポという、二十

世紀を代表する劇作家にして俳優、演出家がいます。かれが暮らし、生涯を過ごした街の面影は、いまでもナポリのあちこちで目にすることができます。たとえば、かれの名を冠した広場に立てば、戦後まもなく私財を擲《なげう》ち、廃屋同然の劇場をナポリ演劇の聖地として再生させたサン・フェルディナンド劇場が、かれの立ちすがたを描いたアーチを見せてくれる。そこから二十分ほど、街全体を貫く通り・スパッカナポリを、その中ほどにあるナポリ東洋大学を目指して歩くと、校舎のすぐ脇に、二階のテラスから人形のエドゥアルドが通りを行く人びとに手を振っているピッツェリアがあります。縁あって東洋大学に足を運ぶことの多いわたしにとって、この演劇人ゆかりの地ナポリで目にするこうした光景は、いまではすっかり馴染みのものになっています。

そんなゆたかな文化的背景をもつナポリの街について、ここでは二人の女性作家とその小説作品を手がかりにたどっていきます。

フェッランテ『ナポリの物語』

一人目は、近年アメリカでその人気に火がつき、二〇一六年には「世界に影響をあたえる百人」にも選出された作家エレナ・フェッランテ（一九四三〜）。まずは、二〇一一年から一四年にかけて刊行された、フェッランテの小説四部作――邦訳版のタイトルは『ナポリの物語』――を題材に見ていきましょう。

10.

主人公は、同級生のエレナとリラという二人の女性です。エレナを語り手「わたし」として、この小説は綴られていきます。物語の時間について見ると、語り手のいる位置は二〇一〇年。物語全体の時間の枠は、二人が生まれた一九四四年から、物語における現在、つまり語り手エレナのいる二〇一〇年までとなっています。

そこに描かれるのは、二人の女性の成長の物語であると同時に、ナポリという街が、戦後の社会、政治、経済の変転のなかで、めまぐるしく変貌を遂げていった様子です。いま、あえて「変貌」と述べましたが、その一方で、変わらないものも当然あります。

その「変わらないもの」として、この小説のなかでとくに強調されているのは、「破壊」という要素です。物語から浮かび上がるのは、ナポリでは、つくっては壊す、つくっては壊すということが、経済の成長曲線に添うようにひたすら繰り返されているという事実です。読んでいて、こんなにもナポリがものを壊していく街だったのか、と驚かされました。ナポリはわたしもよく訪ねている街ですが、これまでまったくこの点を気にしたことはありませんでした。

一九五〇年代、イタリアが日本に先駆けて「奇跡の経済復興」と呼ばれるめざましい戦後復興を遂げるなかで、ナポリの街自体もめまぐるしく変わっていきます。一人称の「わたし」が語るナポリの街の変貌、二人の女性の成長とともに綴られる街の変貌は、そのようにしてはじまり、変わることそのものを目的に、つくったものを壊し、またつくっては壊すことを重ねていく。それが九〇年代に至るまで延々と、そして世紀をまたいでもなおつづいています。二人の生涯を主旋律として描きながら、その背後につねに、そうした状況が克明に描かれているのが、この四部作の小説の大きな特徴だと言えるかもしれません。

二人の女性が織りなす「教養小説」

この作品を読むと、そんなナポリの街の様子がいきいきと伝わってきます。もちろんそれは、語り手エレナの、あるいは親友リラという女性の目を通して。幼年期から思春期へ、青春期を経て壮年期へ、そして成熟を迎えて晩年へ――。二人の人生の歩みと軌を一にして物語は進んでいく。ある意味で、これは典型的な「教養小説《ビルドゥングスロマン》」だとも言えます。

ただし、通常「教養小説」と言うときに必要な、《成長》によって獲得するものが、この『ナポリの物語』という作品では、どこか欠けているようなのです。それは、巻を重ねていくほどに明確になっていきます。その欠落とは、おそらくこの作品が徹底して女性の視点から描かれているために、男性にとって《成長》を体現する出来事の登場する余地がなく、徹底して男性中心主義《マスキリズモ》の特性を街そのものが体現し、その歴史を刻んできたナポリという街が、どこか異世界めいた相貌を抱えたまま、読者に手渡されているからかもしれません。

そんな社会に生を受けた女性たちが、どのような現実に直面し、それに対する憤りを自覚して、克服し、成長していくのか。そのような視点で描かれている物語だから、いわゆる「教養小説」――ドイツ発祥の、文学史的な本来の教養小説――とは異なる要素が、否応なく入り込んでくる。前章で取り上げた《半島のなかの異郷》と、ある意味で同じだと言える、社会の中心・主流からはみ出さざるを得ない位置に否応なく置かれた存在としての女性たちが、そのマージナル（周縁的）な位置から、みずから主体的に、中心へと向かって足を踏み出していく。二人の女性の挫折と再生の物語のなかで、エレナとリラは、街と社会の理不尽への憤りを力に変えて、絶えず先へとみずからの生を歩んでいく。その手がかりを、どこで手に入れるのか――。この四部作が痛切に訴えているのは、このようなことかもしれません。

10.

閉じられた街で夢見た世界

エレナとリラが生まれ育ったのは、ナポリ市の東部、海岸沿いにある工場地帯「ポッジョ・レアーレ（Poggio Reale）」の背後に、少しだけ山寄りのところに広がる「ルッツァッティ（Luzzatti）」という、貧しい人たちが暮らす団地が並ぶ地区です。

驚くべきことに、彼女たちは、ある時点まで、自分たちが暮らす団地の地区の外にあるナポリの街のことをまったく知りません。序章の十六節まで読んできて、「小学校卒業資格試験の少し前」というタイミングで、「物心がついてからそれまで、中庭を取り囲んでいる四階建ての白いアパートが建ち並ぶ団地と教区教会と公園からなるその地区を離れたことがなく」とあり、このときまで二人が地区の外にある世界を知らなかった、という事実に気づいて、唖然とさせられます。

日々、野原の向こうをひっきりなしに列車が通り、大通り《ストラドーネ》を自動車にトラックが行き来していたのに、そうした乗り物たちがどの町に向かっているのか、どんな世界に行くのか一度も疑問に思わなかった
（『リラとわたし　ナポリの物語1』、飯田亮介訳、早川書房）

小学校時代が終わるときまで、ナポリのけっしてゆたかとは言えない狭い団地のなかで、二人は育った。それとひきかえに、少女たちは何を手に入れたのか。

学校の教科書のおかげで、見たこともないものを話題にするのが得意になっていたふたりは、姿の見えぬものにしか興奮しなくなっていた
（同前）

「姿の見えぬものにしか興奮しなくなっていた」――。つまり自分たちが生きている現実の向こう側、境界の向こう側にあるものだけに、興味を抱き関心をそそられていたということです。だから、ナポリの住民ではなくたまたま旅で訪れた人であっても、ナポリの街を海沿いに進んでいって、天気に恵まれればすぐ対岸に目にすることができるヴェスヴィオ火山でさえも、二人

IO.

の少女にとっては、「境界の向こう側」にある高低二つの頂を抱く「水色の山」という、現実感のない遠い存在でしかなかった。

こうして、ごく限られた街の一角で二人は暮らしていましたが、そんな彼女たちのもとにも、街の変貌の噂は流れ込んでくる。たとえばそれは、歩道の舗装のタールのにおい、あるいは掘削機の振動音というかたちをとって。気がつくと、自分たちの暮らしているすぐそばまで、「緑の林は消え、黄ばんだ空き地」になっている。

こんなふうに、ほんのわずかずつではあるけれど、二人は外の世界との接点を手にしていきます。たとえば、エレナは高校入学の手続きの日、父親に連れられて、丸一日、ナポリを訪れる旅行者なら誰もが必ず足を運ぶであろう街の中心部を、はじめて訪れるのです。父親は「人生を通じて身につけた知恵をわずか数時間のうちに（中略）伝えようとしているかのよう」に、街の観光名所をめぐりながら、「ナポリは昔からずっと（中略）壊しては造り直しての繰り返しで金が回り、仕事の口は増える（中略）そういう仕組み」なのだと娘に語って聞かせる。そうして海までたどり着いたとき、「光と音にあふれたその圧倒的な刹那」に、エレナは「ナポリの見知らぬ場所で（中略）ひとりぼっち」で「新たな人生を歩みだそうとしている」と実感します。

こうして、閉ざされ自己完結した世界からの旅立ちを予感した瞬間が描かれるのです。

変貌する街と、変わることのない現実

語り手のエレナは、大学在学中に作家として成功を収め、〝外〟にある世界に足を踏み入れていきます。そして、トリノやピサ、あるいはジェノヴァなどほかの都市でも暮らすようになっていくのですが――いつも、最後はきまってナポリに戻ってくる。ナポリとの関係をなかなか断ち切れないのです。

一方、リラのほうはナポリを離れることなく暮らしている。ナポリの歴史が何百年と刻んできた家父長的な男性社会の因習を反映した家族のあり方を、途轍もない苦労を重ねながら、身をもって体験していく。その彼女のすがたを、ナポリの外で暮らしつづけ、たまに帰郷するエレナが見つめる――。そんな二人の関係が、この物語の縦糸になっています。

ナポリの街の景観は、新しくなっては取り壊される、という変貌を繰り返していきますが、一方で、長い伝統や因習の積み重ねられたところにある家族の関係、あるいは男女の関係といったものは、建物や街の景観のようにそう気軽に新しくつくっては取り壊す、とは運びません。その現実が、読んでいてとてももどかしく感じられます。

一九九五年、エレナはナポリを完全に離れる決断をします――ただ、最後の最後に至って、ふたたびナポリに帰ってくることにはなるのですが。その時期も、ナポリの街はまだ終わることのない復興をつづけていると、ナポリの人びとの目には見えていたようです。

10.

九〇年代の半ばという時期は、ちょうどわたしがナポリをよく訪れていたころに重なっています。たしかに、ナポリの中央駅は頻繁に新しくなる。駅前のビルも、高層ビルも、「あれ？　また消えている」「また新しくなっている」といったことが重なっていく。当時、わたし自身が目にしてきた光景を、エレナは物語のなかで、彼女ならではの目で、より克明に描き出している――。そのように感じて、読んでいて感慨深いものがありました。

そうやって少しずつ目がナポリの街に馴染んでくると、たとえば開発によって新しい高層ビルが建ち、しかし気がついたらそれがすがたを消す、といった光景に出遭ったとき、その場所にもともと暮らしていた人たちもどこかへと去っていき、同時に街のなかの〝最底辺〟と呼ばれる人たちにそっくり入れ替わっている、という事態を幾度も目にすることになりました。それはけっして「復興」ではないだろう、とエレナは批判します。

町の腐った上っ面に、いい加減に、ペテン同様の手口で吹きつけられた、近代化という名のおしろいに過ぎなかった。

いつもの話だった。復興を騙《かた》るおしろいは人々の希望に火を点けるが、そのうちきっとひび割れ、古いうわべを覆う新たなうわべとなるのだ。

（『失われた女の子　ナポリの物語4』、飯田亮介訳、早川書房）

こんな光景を繰り返し目にすることで、エレナは完全にナポリを離れる決意をするに至ります。そして彼女は、トリノという、二十世紀のイタリア知識人たちの《巣窟》へと、みずからの拠点を移すのです。

美しくはかないナポリ

物語を読み進めていくと、たとえば「殉教者広場《ピアッツア・デイ・マルテイリ》」と呼ばれる街の名所について、そこにまつわる歴史的な出来事と、エレナの娘の空想のなかに描かれる歴史の物語とが交錯し、エレナとリラ自身の過去の体験がさらに重ね合わされていきます。すると、ナポリの街のなかでも馴染みの、おそらく誰もが見知った場所が、まったく異なる貌《かお》をして読者に手渡されるのです。

街の描写という点でもすぐれた作品ですが、なかでも作者の視点がおそらくもっともよく表れている箇所を紹介します。

ここでは、エレナの娘が「リラおばさんはこう言った」と伝聞として綴るかたちになっています。

――ここは本当に美しくて、意味深い町よ。（中略）ナポリではありとあらゆる言語が語られ、あらゆるものが作られ、あらゆるものが破壊されてきたの。この町の住民はどんなおしゃべりも信用しないくせに、みんなとってもおしゃべり。ナポリではヴェスヴィオが毎日、わたしたちに思い出させてくれる。どんなに強大な力を持つ人間のどれほどの偉業も、この上なく美しい作品も、炎とか地震とか灰とか海によってほんの数秒で無に帰してしまうものなんだよ　(同前)

はかなさを見事にすくいとった文章ではないでしょうか。エレナとリラ、二人の主人公の、ナポリへの思いが端的に描かれています。

10.

ナポリの沖のちいさな島の物語

フェッランテの『ナポリの物語』は、前述のように世界的な大ベストセラーとなりましたが、戦後を代表するもう一人のイタリア女性作家エルサ・モランテ(一九一二〜八五)の『アルトゥーロの島』という小説は、これに匹敵する作品と言ってよいでしょう。

作者のエルサ・モランテは、ある時期までは、二十世紀を代表する作家アルベルト・モラヴィアの伴侶として広く認識されていたのではないでしょうか。作家としては、若くして児童文学作品が雑誌・新聞に掲載されるなど、非常に早熟の人でした。

『アルトゥーロの島』は一九五七年、モランテ四十五歳のときの作品です。日本には、六二年にダミアーノ・ダミアーニ監督による映画『禁じられた恋の島』が公開された際、その原作として、翻訳・紹介されました。

主人公は、タイトルにもなっているアルトゥーロという少年です。物語の舞台は、プロチダというナポリのすぐそばにある四平方キロメートルくらいのちいさな島です。時代は一九三八年あたり、二五年に発足したイタリア・ファシズム体制のまっただなかの時期。この年の春には、ナチスの圧力もあって、人種法が制定され、イタリアでもユダヤ人への迫害がはじまった年だと言えば、時代の雰囲気をつかんでもらえると思います。その年を起点にアルトゥーロが綴る、回想の物語です。

寓話の世界の少年は、やがて島から旅立つ

第一章は「王と空の星」という章題が掲げられ、二十世紀を代表するイタリアの詩人の一人、サンドロ・ペンナの詩の一節――天上高く、ぼんやりと霞む天国――が、エピグラフとして置かれています。

そして物語は、アルトゥーロがみずからの名前の由来について語るところからはじまります。自分の名前が誇らしかったと記した後、アルトゥーロは読者にこう語りかけます。

10.

アルトゥーロというのが星の名アルクトゥールスであることを、ぼくは早くに知った(それをぼくに最初に教えてくれたのは彼だったと思う)。北半球の牛飼座にあってもっとも速くもっとも明るく輝く星! そしてこの名が、古《いにしえ》の王の名であることもぼくは知っていた。

(『アルトゥーロの島/モンテ・フェルモの丘の家』、中山エツコ訳、河出書房新社)

中世以来、ヨーロッパで広く受け継がれてきた「アーサー王伝説」の王から、その名が取られているというわけです。ただ、かれはこの時点では、この著名なブリタニア王アーサー(イタリア名はアルトゥーロ)が「実在したかどうかもわからない伝説上の人物」であることを知らなかった、だから自分は伝説の王ではなく、実際に存在した歴史のなかの王を好むようになった、とも記しています。

その名を選んだのは母親でしたが、彼女は第一子であるアルトゥーロを産み落とした際に、十八歳にも満たぬ若さで亡くなった、と記されており、かれは幼くしてひとりぼっちで育ったことがわかります。残されたのは、一枚のちいさな写真。そこにとどめられた母親の面影は「少年時代を通じてぼくの心をとらえて離さないあこがれだった」と、アルトゥーロは述べています。

モランテは児童文学の作家としてスタートしたと紹介しましたが、『アルトゥーロの島』という作品には、前述した物語の冒頭からも、また各章のタイトルなどを見ても、どことなく寓話的な趣が漂っています。

作品全体を読み通していくと、モランテが意図していたのは、ある種の叙事詩的な教養小説の可能性ではなかったか、と思えてきます。そして「叙事詩的」とイタリア文学について言うとき、一人の詩人・作家の名前が浮かんできます。

ルドヴィコ・アリオスト——『狂乱のオルランド』(一五一六)という騎士物語の最高傑作と目される長篇叙事詩を書き、十六世紀から現代に至るまで多くの作家に影響を与えた存在です。モランテもアリオストをかなり意識していたようで、語りのスピード、空想力の羽ばたかせ方、寓話性といった要素もふくめて、プロチダというちいさな島を舞台にした一人の少年の成長の物語のなかで、物語による叙事詩の実験を試みたことがうかがえます。

主人公アルトゥーロは、ある時点まで島を出ることがありません(自分の生まれ育った土地から離れないという点では、『ナポリの物語』の二人の主人公、エレナとリラと同じようにも見えます)。島を出るのは、かれが成長の次の段階に入ったとき、と言えばよいでしょうか。とにかく、かれはもっぱら島にいる。そして、めったに帰ってこないドイツ系の父親ウィルヘルムが、突然島に戻ってきてはまたすぐに出ていく、ということを繰り返すなかで、アルトゥーロは、父親がどのような用事で、どこへ向かって島を出ていくのかさえ知らずにいる——。そのようにして物語は綴られていきます。

後になって、父親が島を度たび離れていたのは、みずからの性的指向——同性愛者であることをひた隠しにするためだったことが明かされます。時代状況、そして保守的な空気が支配するちいさな島という閉じた環境であったことを考えれば、その不可解な行動も理解できます。
そんな隠されていた事情と、主人公のアルトゥーロ自身の成長の軌跡が重なっていき、父親の謎が解けるのと同時に、アルトゥーロが生きていた寓話的かつ神話的な世界が終わりを告げます。そしてアルトゥーロは、みずからの行動を選択し、島を離れ、第二次世界大戦——アフリカ戦線——へと出かけていくのです。

アルトゥーロはこのような成長の軌跡をたどっていきますが、それが描かれる物語の舞台は一貫して、プロチダというちいさくて特殊な島から変わることがありません。

たとえば、アルトゥーロの暮らす屋敷は、もともとは修道院でした。そこをアルトゥーロの祖父がある人物から譲り受け、父親が継いだとされていますが、屋敷の屋根の上から見渡せる風景はこのように描写されています。

> 屋根の上からは、イルカにも似た島の姿が眼下に横たわるのを見ることができる。小さないくつもの入り江、刑務所、そして、そう遠くない海上に見える紫がかった水色のイスキア島。もっと遠い島々の、銀色に霞む島影。そして夜にはアルクトゥールス星の輝く牛飼座が動いていく星空が見える。
>
> （同前）

元修道院だった屋敷の屋根に登れば、島の全貌が見渡せるだけでなく、さらにその先にある、プロチダよりもかなり大きいイスキアの島までも見渡せることがわかります。

プロチダはいつだって貧しい漁師と農民の土地だったから、ここにある数少ないパラッツォは、どれもきまって修道院であったり、教会、要塞、あるいは牢獄であったりしたものだ。

（同前）

ナポリにすぐ隣り合った極小の島。そのなかに、教会、牢獄、修道院が混在している。この小説は、この島がもっている、ある意味で隠喩的《メタフォリカル》な表象が、結果的にアルトゥーロ自身の幼少期の表象と、つねに対になって重ね合わせられ語られているのです。そんな島の様相が変化を遂げるということは、アルトゥーロ自身の幼少期が終わりを告げることを意味しており、同時にアルトゥーロがそれまで浸っていられた、（幻影ではあるかもしれないけれども）ある種の無垢な心のありようが途絶えるときでもあった、と言えるかもしれません。

〝裏返しの鏡像〟としての教養小説

この作品は、主人公の《成長》を描くという意味で、たしかに教養小説には違いありません。しかし、読みはじめてしばらくすると、たとえばフロベールの『感情教育』と比べると、同じ教養小説とはいってもまったく別のものなのではないか――。そんな考えが浮かんできます。『感情教育』ともっとも違っているのは、主人公アルトゥーロが、フロベール作品の主人公フレデリック・モローとはずいぶんと異なる存在だという点かもしれません。成長の仕方、あるいは成長のための過去との決別の仕方、現実との向き合い方が、たいそう違っているのです。

これは、作者それぞれのもつ視点の差異――男性であるフロベールと、女性であるモランテとの、「経験」との向き合い方の違い――に起因するのかもしれません。モランテの、アルトゥーロに対する醒めた視線が、フロベールがフレデリック・モローに注ぐ共感を伴う視線との差異を生んでいるのではないかと思ったりもします。それは、モランテの物語に登場する男性が例外なく《女嫌い《ミソジニー》》であることと符合しているかもしれません。抜きがたい懐疑の眼差しこそが、両者の差異の正体だと言ってもよいでしょう。モランテの最高傑作と目される長篇『歴史』が、「正史」としての歴史をつくり語り記述する《力》をもたない主体に焦点を当てた「もうひとつの歴史」であることと、『アルトゥーロの島』が、ある意味で〝裏返しの鏡像〟としての教養小説であることは、通底していると考えてよいと思います。

10.

ナポリの夜の声

二人の女性作家による、ふたつの「教養小説」を素材として、ナポリという街について見てきました。そのなかで、『ナポリの物語』の最後に、リラの目に映る、あるいはそれと共振する語り手エレナによる――つまり、いくつもの女性の視点から見た、ナポリの美しさの描写を紹介しました。

そこで最後に、一人の男性作家の目をとおして見た、ナポリの街の魅力を伝えるすぐれた描写を取り上げて、この章を閉じたいと思います。

ジェノヴァの章（第五章）で詳しく取り上げたアントニオ・タブッキが、二〇〇一年に発表した『いつも手遅れ』という書簡体小説があります。そのなかに収められた、「ただ一弦のハープは何の役に立つのか？」という短篇（一通の手紙）の一節です。

ナポリが世界一美しい街だということは言っておきたい。街自体が世界一美しいのではなく（ナポリのように美しい街は他にもたくさんあるだろう）、そこに住む人びとが世界一美しいのだ。ぼくのいた通りには果物屋や魚屋やヤクザ者がいた。しかしかれらがそのような職業を生きているのは日中のことだけだ。晩になると、その地区の喧噪、商売や悪業の喧噪は静まり、みんなが果物屋や魚屋やヤクザ者であることを止め、ただ郷愁に思いを馳せる。まるで、前世では違う人間であったかのように。あるいは来るべき来世では違う人間、果物屋や魚屋やヤクザ者とはかけ離れた人間になっているかのように。ナポリによくある地面とまったく同じ高さの部屋から外に椅子を取り出し、地平線を眺めるかのように、路地や汚い建物を眺

10.

める。そして、誰かが何かのメロディーを歌いはじめる。ゆっくりと喉で歌うように。たとえば、「夜の声」などを。

（『いつも手遅れ』、筆者訳、河出書房新社）

「夜の声」というのは、有名なナポリ民謡《カンツォーネ・ナポレターナ》（ニコラルディ作曲、デ・クルティス作詞）のタイトルであり、これが書簡の冒頭に引かれています。

この声が夜きみを起こしたのなら
旦那を抱き寄せているときに
起きていたかったら、起きていてくれ
けれど深い眠りについているふりをしてくれ

（同前）

広く愛好されているナポリ民謡をヒントに、タブッキが編み出したナポリの評価が見て取れます。この評価と、先ほどのフェッランテのナポリの描写を重ねてみると、そこにかすかな違いが浮かんでくるようです。

タブッキもナポリに魅せられた作家の一人で、没後に発表された『イザベルに』（二〇一三）という謎めいた小説——タブッキの代表作『レクイエム』（一九九一）の後日談ともいえるパラレルな世界を描いた物語——の最後も、ナポリで閉じられています。

ナポリの、キアイアと呼ばれる海岸沿いを、主人公であるタデウシュという人物——といっても、実在も定かでない亡霊のような存在——が、捜し求めていたイザベルという女性——こちらも、すでにこの世を去っています——のもとにようやくたどり着く。二人が最後に会話を交わして別れを告げるシーンが、ナポリの海岸で展開されますが、じつに美しい結末です。背後には、ベートーヴェンのピアノソナタ二十六番「告別」が流れています。

ちっぽけな駅に人影はなかった。時間も時間だ。駅舎の正面にあるちいさな空間に出てみた。狭い公園に棕櫚《しゅろ》が二本とベンチが二脚、仕切りのトビラノキの生け垣から甘い香りが押し寄せてきた。生け垣のむこうは海のようだった。地面は海の砂と小石で覆われていた。これがまさしく、いつも夢見てきたリヴィエラのちっぽけな駅なのだ。見ると、列車が全速力で駆けぬけていく。フランス行きだ、間違いない。だってフランスは入り江の光のむこう側だもの。ベンチに腰を下ろし、さてどうしようかと思案した。あの狭い道を下って、オーベルダン通りを探しに行くべきなのだろうか？　公園の灯りがともっていた。腰を下ろしたのは木製のベンチで、棕櫚の真下にあった。そこから頭上を見上げてみる。下弦の月が、白くてミルクみたいだった。別の角度の空をながめると、馴染みの深い星がみえた。両脚を伸ばし、頭をベンチの背に預けると、そのままじっと空をみつめていた。

生け垣沿いの狭い下り坂の底から音楽が聞こえてきた。曲名はすぐにわかった。ベートー

10.

ヴェンのメロディーだ。タイトルは「告別、不在、再会」。
(中略)さようなら。彼女は遠ざかっていった。あの夜遠ざかっていくのを見送ったときとそっくりだった。短い桟橋を渡り、薄暗いネオンの点いたレストランの前を降りて、遠ざかりながら首から外した白いショールを風にゆらした。それが最後の挨拶だった。私も別れを告げた。おずおずと、両脚にはさんで見えないようにした手で、チャオ、またね、と合図した。

目を開けると、ヴァイオリニストが私の前に立っていた。駅の公園の上の空で月が沈んでいた。ヴァイオリンを小脇に抱え、裸足の足の前の砂に描いた円をみつめていた。さあ引き返さないと。男が言った。探索はお仕舞いです。男はしゃがみ込むと、砂に息を吹きかけた。円が跡形もなく消え去った。どうしてそんなことを？　私は訊ねた。どうしてって、探索はお仕舞いだからでしょ。それには一陣の風が、すべてを復元して知恵の無へと引き戻す必要がありますからね。男が言った。私はイザベルの写真を拾うと、ポケットにしまった。この写真は持っていくよ、と私は言った。ご随意に、と男は言った。それもあなたの権利ですから。何ごとも残るはわずか。それが写真ということもありますから。男はヴァイオリンを構えると、ひっそりと、歌うような調子で、「告別、不在、再会」を弾きはじめた。私は天空を見上げ、よく知っている星に視線をとめた。私は歩きだした。そのとき、イザベルのすがたがみえた。白いショールを風になびかせ、私に別れを告げていた。
(『イザベルに　ある曼荼羅』、筆者訳、河出書房新社)

あたりにひろがるナポリの夜景と、ベートーヴェンのソナタの重なり具合がとても印象的です。直前に引用したような昼間の喧噪が、嘘のように静まり返ったナポリの夜の様子がそのまま伝わるような終わり方です。

昼間の喧噪と、そこでにぎやかに会話を交わす街の人びと、という昼の街の様子も印象的ですが、ある時間になると、本当にそれがパタッと止んでしまう。静まり返って、そして波の音が聞こえてくる――。ナポリを訪れて、もしそんな体験をすることがあれば、この章で取り上げた作品のなかに流れている時間・空間というものを、よりいきいきと感じられるのではないかと思います。

II.

堆積する時間
——モラヴィア、パゾリーニ、ラヒリとローマ

色のない街、顔のない人びと——モラヴィア

ローマという街が苦手だと、事あるごとに口にしてきました。この街では、あまりにも長い歴史が、街並みのなかに堆積して、それがむき出しのままわたしたちの前にさらされている。すると街を歩いていても、その積み重なった時間に向き合うだけの気力がなかなか追いつかず、つい気後れしてしまう——。これが最大の理由なのではないかと思っています。

わたしにとってはそんな印象のあるローマですが、「永遠の都」とも呼ばれるこの街を描いた作家は、イタリア人にも国外の作家にも数え切れないほどいて、また実際ローマに暮らしていた、あるいはいまなお暮らしているという作家も非常に多い。誰を取り上げたらよいのか、見当もつかないほどですが、あえて三人の作家に焦点を当てることにします。

最初に取り上げるのは、アルベルト・モラヴィア（一九〇七～九〇）。前章・ナポリのところでふれたように、エルサ・モランテを最初の伴侶とした作家です。ちなみに、二人目の伴侶も現代イタリアを代表する作家で、その作家ダーチャ・マライーニ（一九三六～）は、戦時中、東洋学者でアイヌ研究のために来日した父フォスコに伴われて幼少期を日本で過ごし、戦争末期、外国人収容所に捕らわれた経験もある、日本とは縁の深い人物です。

一九六〇～七〇年代には、モラヴィアの作品のほぼすべてが邦訳され、モラヴィアは日本では長らくもっともよく知られたイタリアの作家でした。それには、ジャン＝リュック・ゴダール『軽蔑』（一九六三）、ベルナルド・ベルトルッチ『暗殺の森』（一九七〇）、ヴィットリオ・デ・シーカ『ふたりの女』（一九六〇）をはじめ、錚々たる監督たちによって次つぎと作品が映画化され、日本でも公開がつづいたという事情も大きく寄与したのでしょう。しかし世紀を跨ぐころには話題に挙がることもなくなり、いまではすっかり忘れられた作家の仲間入りを果たしてしまった、と言えるかもしれません。

そのモラヴィアが二十二歳のとき、はじめて発表した小説が『無関心な人びと』（一九二九）です。そこに描かれたローマの街並み、そしてその街並みと向き合う主人公の様子に、まずは注目してみましょう。

――

歩道は、人込みでいっぱいだった。車道には、たくさんの自動車がひしめいている。ラッシュアワーだ。ミケーレは傘もささずに、濡れるに任せて、まるで日光の降り注ぐ青空の下を行くかのように、ゆったりとした歩調で歩いた。所在なく、ショーウィンドーを覗いたり、往き交う若い娘たちの顔を見たり、あるいは闇空に点滅する広告塔を見あげたりした。しかし、いくら自分に強いてみても、この街路の鼻もちならぬ光景には、とうてい関心をもちえなかった。（中略）忘れようにも忘れられぬ、あのときの自分の姿が、どこまでも後についてくる。そしてたったいまも、惨めな、無関心で、まったく孤独な、自分の姿が、闇空にありありと現われては消えた。

（『無関心な人びと（上）』、河島英昭訳、岩波文庫）

あるショックな出来事があった主人公が、気を紛らわせようと、ローマの街のなかをあてどなく長い時間をかけて歩き回るシーンです。ここに描かれているローマの街と主人公との関係は、まさにこの引用部分に登場する「無関心な」あるいは「孤独な」という言葉に象徴されるものであり、また「灰色のローマ」という印象を強くあたえる街並みの描写になっています。

モラヴィアは、長いことローマで暮らしていたにもかかわらず、華やかなローマを描くことはほとんどありませんでした。ローマでももっとも有名な目抜き通りのひとつ、大きく曲がりくねった坂道の「ヴェネト通り」――一九六〇年代、映画、文学、絵画をはじめ、さまざまな分野の芸術家や文化人たちが集い、日夜華やかな光景が繰りひろげられていた界隈――でさえも、モラヴィアが作品に描くと、その街並みはきまって無色あるいは灰色に変わってしまう。

そうした表現を、バロックの名残を色濃く映した「抒情的ローマ」と対比させて、第八章でふれたピランデッロが描いたようなシチリアの不条理な生のありようにも通じる「反抒情的ローマ」と呼べるかもしれません。そんなローマの街並みは、モラヴィアの目には、あるいはモラヴィアの作品のなかに描かれる人物たちの目には、ただ人生の経験を積み重ねていく場所ではあっても、真のすがたをけっして見せない空間としか見えないのです。

言い方を変えれば、モラヴィアの描くローマの街並みには、つねに絵画的な要素が欠落しているように見える。街を歩く人びとの表情は、無表情。つまり顔が見えないのです。そんな人びとの群れが、無色で威嚇的な街並みを、ただ黙々と歩いている——。そんな光景が際立って見えるように感じられます。

モラヴィアのもうひとつの有名な作品に、『軽蔑』(一九五四)という小説があります。先ほどふれたように、ゴダールによって映画化されたことで一躍知られるようになった作品です。そこに描かれた映画批評家とその妻が暮らす五〇年代ローマの街並みにも、やはり色がない。『無関心な人びと』のローマと同様、ディケンズの描いたロンドンやボードレールの唄ったパリを思わせる色のない十九世紀の街並み・顔の見えない人びとの群れが、そのまま二十世紀の世界に再現されたかのように、読者=観客の前を行き交っている——。そんなふうに感じられるのです。

II.

生命力にあふれたならず者の街——パゾリーニ

『軽蔑』で描かれているのは一九五〇年代のローマですが、まさにその時代に、この街に暮らしはじめた人物がいます。二十世紀イタリアを代表する作家、詩人、そして映画監督であるピエール・パオロ・パゾリーニ（一九二二～七五）です。母親の故郷フリウリで、ある不本意な出来事に遭ったパゾリーニが、母親を伴って逃げるようにしてローマにやってきたのは、一九五〇年一月のことでした。

パゾリーニが住まいに選んだのは、「オクタヴィアヌスの廻廊《ポルティコ》」と呼ばれる、もともとローマにおけるゲットー（ヨーロッパのさまざまな都市に設けられたユダヤ人の居住区）のあった場所でした。以来、かれはその界隈をあちこち移り住みながら、長年暮らすことになります。そうしてパゾリーニは、五〇年代のローマ、とくに自分が暮らす界隈の街並みを、五五年発表の小説『生命ある若者』に、濃厚に描き込んでいます。

人にも街並みにも「無関心」を装いつづけたモラヴィアとは、端から姿勢が違ったのでしょう。パゾリーニは、人に対する関心、そして人が暮らしている空間や街並みに対する関心が並外れて高かったようです。

かれが暮らしていたのは、当時、もっぱら「下層プロレタリアート」として括られていた、社会の最底辺とされる人びとが暮らす集合住宅が密集する地区でした。もともと、ファシズム時代に目玉政策として大量に建てられた三～五階建ての集合住宅がひしめき合って立ち並んでいましたが、戦後になると、そこに八階建てくらいの高層住宅がさらに軒を連ねていった、そんな地域でした。

そのような界隈を舞台として描かれた『生命ある若者』という作品。この邦訳のタイトルにはちょっとしたいわくがあります。原題は *Ragazzi di vita*、直訳すればたしかに、『生命のある若者』となるかもしれません。じつはこの表現は隠語で、日常的には「チンピラの若造」「ならず者」といった人びとを表す言葉なのです。ただ、訳者の米川良夫は、パゾリーニの真意を汲み取るかたちで、社会からは疎外されている貧しい若者たちのすがたに、いきいきとした独特の表情を読み取ったうえで、『生命ある若者』とあえて訳したのだと思います。

作品のなかに現れる語彙も、じつに興味深い。たとえば、先ほどもふれたパゾリーニ自身も暮らした集合住宅が立ち並ぶエリア――古い三～五階建ての住宅に折り重なるように、八階建てほどの高層住宅がひしめく地域を、地元の人たちは〝摩天楼〟と呼んでいました。言うまでもなく、この名前はニューヨークのとびぬけた富裕層の暮らす高層ビル群――当時イタリア人なら誰もがあこがれたであろう世界――を連想させますが、現実に目の前にあるのは、そんな美しい街とはほど遠いものでした。

II.

ローマの街並みにふたたび色をあたえる

パゾリーニが暮らした界隈に、いま、足を運んでみると、かつてはたいそう狭い路地が坂道となって上のほうにつづいていたようですが、どこかのタイミングで都市改造が行われ、その狭い小路はいつのまにか拡幅されていました。

かれが暮らしていた地区は、「モンテヴェルデ」と呼ばれていました。直訳すれば「緑の山」。美しい名前に感じられますが、けっして自然の緑ゆたかな山という意味ではなく、一帯は古代ローマ時代から建築用石材を切り出していた採石場で、その石が緑色をしていたことから、そのように名付けられた。つまり、人びとが好んで暮らすような心地よい場所ではなかったのです。

そのモンテヴェルデのあたりに行って高台に立ってみると、遠く前方に「七つの丘の街」とも呼ばれる、ローマの街の栄華を象徴する街並みが見えます。「七つの丘」それぞれの上には、教会などが立ち、どこも貧しさとは縁遠い空間という印象があります。そこから望めるものには、ヴァティカンのサン・ピエトロ寺院もあったはずです。すぐそこにたしかに見えるけれど、けっして手の届かない対象が、モンテヴェルデに暮らす人たちの視線の先につねにある、という状態だったのです。

パゾリーニが暮らしていた当時、その付近には路面電車の終着駅があり、操車場になっていました。路面電車はそこでUターンをして、また坂道を下ってローマの中心部に帰っていく——。

そんな光景が、『生命ある若者』のなかにも印象的に描かれています。物語の主人公である少年リッチェットは、先ほど述べた〝摩天楼〟の一角にある「ドンナ・オリンピア」という通りのあたりに生活の基盤を置いていて、少し先にあるまた別の〝摩天楼〟には、彼の友達が暮らしている。その様子は、この地域にいまでも一部残されています。とてもやわらかなアルコーブ（くぼみ）の付いた八階建ての建物が並んでいたり、異なる時期に建てられたとりどりのビルとビルの隙間に、リッチェットが住んでいたとされる地域の小学校が実際に存在したりするなど、物語のなかの暮らしが、現実の街に重なって見えてくるようです。

『生命ある若者』で描かれるローマは、ある意味で、モラヴィアがすっかり脱色してしまったローマに、ふたたび色をつけたらどうなるか——その同じ街並みに色をあたえてみたらどうなるか、無色の人に表情をあたえてみたらどうなるか——ということを、わたしたちに伝えてくれるものではないかと思います。

母親の故郷フリウリ、そして大学生活を送ったボローニャと、鬱屈を抱えて生きてきた青年パゾリーニが、意を決して母親を伴って移り住んだ街ローマで出会った「生命ある若者たち」の群像を、戦後急激に変貌を遂げる街の空間に抛《ほう》り込んで描こうとしたとき、そこにおのずとあざやかな彩色が出現したということなのかもしれません。

たとえば小説のなかに、マルコーニ橋という橋が登場します。完成したのは戦後まもない一九五三年、パゾリーニが暮らしてまもないころです。その橋を通ってテヴェレ川を渡り、そのままマルコーニ通りを進んで少し足を延ばせば、ファシズム時代の新都市計画でつくられた「エウル」――今日ではマキシ（MAXI）と呼ばれる大きな現代美術館がある――という地域に到達します。パゾリーニが、ローマという街をつねに変貌しつづけるものと捉え、それを新鮮なものとして受け止めていった、ということが、この本を読み、この場所を歩くことで追体験できるのではないでしょうか。

皇帝ではなく、教皇のローマ――ダンヌンツィオ

はじめて行った人であっても、ローマの街には、自分の立っている位置を確かめるための手がかりになるものがあります。そのいちばんのものがテヴェレ川です。まずは、自分はいま、テヴェレ川の流れに対してどのあたりにいるのか、と考える。

自分のいるところとテヴェレ川、そのふたつを結ぶだけではやや心許ないかもしれません。ではもう一地点を、と考えるならば、「ヴィッラ・ボルゲーゼ（Villa Borghese）」、ボルゲーゼ公園がその指標となるかもしれません。テヴェレ川を挟んでサン・ピエトロ大聖堂の反対側の山の上にあり、たくさんの市民がジョギングや散歩を楽しむ憩いの場です。自分のいる位置と、この公園と、たとえばテヴェレ川を挟んでヴァティカンの位置関係はどんな具合かと確かめてみる――。そのようにすれば、街のどこにいても位置が正確につかめるようになっています。

たびたび述べてきたように、パゾリーニが暮らしたのはとても貧しい地区だったわけですが、一方、いま話題に挙げたボルゲーゼ公園のあたりをひとつの起点にして、システィーナ通り沿いにいろいろ豪奢な邸宅《パラッツォ》が立ち並んでいる地区があります。その地区は、ある意味で、古代ローマの痕跡を残すエリア——たとえばフォロ・ロマーノやコロッセオなど——とは対照的な、バロックの時代の空気を閉じ込めた、ある種の人工的な都市景観が注入された地区と言えます。偶然足を踏み入れた邸宅にラファエッロの絵があったり、ヴェネツィアから呼びつけられてティッツィアーノが描いた絵があったりする——。古代ローマの空間とはもちろん、パゾリーニが暮らし描いた界隈ともまた対照的な、桁外れのゆたかさが目の前に開ける、といった具合です。

本章の冒頭で述べたように、ローマの街には古代以来のいろいろな時間が折り重なり、錯綜し、いまもなお積み重なりつづけています。そんな多彩な表情をもつローマのどの部分が好きか、と問われたら、人によってさまざまな考えがあるでしょう。

一般的には、古代ローマといえば、ローマの歴史の起点であり、ローマのイメージを代表する時代と言えると思いますが、そんな古代ローマがどうにも苦手だ、という人も、当然ながら存在します。この章で取り上げる三人目の作家、ガブリエーレ・ダンヌンツィオ（一八六三〜一九三八）というロマン主義の流れを汲むデカダンスの作家がまさにそうでした。二十世紀初頭の、あるいは世紀末最後の文豪の一人と言えばよいでしょうか。日本でも、大正から昭和にかけて多くの文学者たち——生田長江《ちょうこう》や三島由紀夫など——がたいそう好んだ作家として、その名

II.

を知られています。

ダンヌンツィオは、当時ヨーロッパ中に名を轟かせた女優エレオノーラ・ドゥーゼとパリで起居をともにするなど、華やかな私生活を送りました。また、第一次世界大戦終結後、イタリアは戦勝国の一員であるにもかかわらず、かねてより領有権を主張しながら回収できずにいたフィウメ（現クロアチアのリエカ）をみずから奪還しようと、私兵義勇軍の飛行隊を率いてかの地を占領するなど、行動する作家でもありました。イタリア王国とも対立する結果となり最終的にこの計画が潰えると、かれは失意のうちに北イタリアのガルダ湖畔に隠棲し、巨大にして絢爛豪華な屋敷《ヴィッラ》を建て、そこを色彩もかたちも（わたしからすれば）悪趣味としか言いようのないものたちで埋め尽くして暮らすようになります。

そんなダンヌンツィオが、世紀末の一八八九年、二年間かけて執筆した作品を発表しました。かれの代表作「薔薇三部作」の第一作となる『快楽』です。

この作品を読むと、多彩な表情をもつローマのどこが好きかと問われたときに、まさに「古代ローマゆかりの場所はどうも苦手だ」と答える人のために書かれたような描写が、あちこちに見られます。

たとえば第一部二の一節。

——ローマは彼の大きな愛の対象だった。だが、それは皇帝たちのローマではなく、教皇たち

――のローマ（中略）であった。

（『快楽　薔薇小説I』、脇功訳、松籟社）

そして、

――彼［筆者注：主人公のこと］はコロセウムをそっくりヴィッラ・メディチと、フォーロ・ロマーノをスペイン広場と、ティトゥスの凱旋門を亀の噴水と取り替えたであろう。（同前）

できることなら、ローマの街から古代ローマの痕跡を消してしまいたいくらいに、教皇たちのローマが好きだ。そして、古代ギリシャの像や、ルネサンスの絵といったものたちが少しも違和感なく同居する、そういうローマが好きだ――。そう言っているのです。主人公は、そうした自分の願望・欲望を満たせる場所として、「トリニタ・デイ・モンティ（Trinità dei Monti）」教会の階段を望むパラッツォ・ズッカという離宮に、みずからの居を構えた、とされています。

《不滅》の美を描き、生きる

自分の美的な趣味を、自分の生き方そのものとして体現する。これはまさしく、ダンヌンツィオという作家自身が選んだ生き方でもあります。『快楽』には、この主人公アンドレア・スペ

ローマ、ヴィッラ・メディチからポポロ広場を見下ろす［筆者撮影］

レッリが「人生は芸術作品をつくるようにつくらねばならない」とうそぶくシーンがありますが、まさにそれをダンヌンツィオ自身も実践した、と言ってもよいでしょう。

かれは、ローマの街がもっている絵画的要素を、存分にみずからの人生に取り込もうとしました。その結果は、たとえば美的な創造物のなかに、自然の光景というものが溶け込んでくるような描写が、ダンヌンツィオ独自の捉え方となって、作品のなかに表れてきます。とりわけ第三部三のあたり、現在の大統領府のあるクィリナーレ広場から見る光の風景が、ものすごく美しい。

実際それはローマの空の下に流れるもっとも美しい夜のひとつだった、それは感嘆するには余りあり、知による把握の埒外にあるせいで、人の心を大きな悲しみで締め付ける光景だった。

クィリナーレ広場は白一色で、白さのせいでいっそう広く見え、ひっそりと、静かに、ローマの都の上に、天上《オリンポス》のアクロポリスのように光を放っていた。（同前）

ジャンニコロの丘とモンテ・マリオの丘のあいだにひろがる街並みが描かれ、そこに教会があり、塔があり、さまざまな建築物——キリスト教の建築物も他の宗教のものも入り交じって——がひろがっている。そして、その光景を森のように見立て、銀色の靄《もや》のなか、白一色の朧《おぼろ》な森が見えてくる、というように、主人公の目に焼き付ける。そのとき大気の色は青だ、とダンヌン

II.

ツィオは描きます。
この青い風景のなかに、教皇庁のサン・ピエトロ大聖堂の円蓋《クーポラ》がひろがっている様子の描写などは、とりわけ印象的です。

青い大気のなかに奇妙に金属的な青さで輝くサン・ピエトロの大円蓋《クーポラ》は、見た目には手を伸ばせば届くかと思えるほど近くに大きく見えていた。白鳥から生まれた若いふたりの英雄の像は、彼らの親の化身のような見渡す限り白一色のその中に、美々しく屹立し、眠りに沈んだ聖なる都を夜を徹して見張るローマの不滅の守護神のように思えた。（同前）

人生を芸術作品と重ね合わせ生きようとした作家ダンヌンツィオにとって、ローマの街のすがたは、《不滅》の美そのものを体現する理想の空間として、このうえなく魅惑的に映ったに違いありません。そんな理想空間を追い求め、ついには北イタリアの湖畔ヴィットリアーレに、極彩色で家財満載の醜悪な終《つい》の棲み家を得るという皮肉をその身に引き受けることになろうとは、この時点の作家はまだ知る由もなかったのです。

わたしのいるところ——ジュンパ・ラヒリ

ここまで、三人の作家が描いたローマを見てきましたが、最後にもうひとつ、別の角度から見たローマのすがたを紹介します。ベンガル系のアメリカ人作家、ジュンパ・ラヒリ（一九六七〜）の目から見たローマです。

ジュンパ・ラヒリは一九六七年生まれ、現在、第一線で活躍している英語圏の作家です。デビュー作の短篇集 *Interpreter of Maladies*（邦訳タイトルは『停電の夜に』）をはじめ、ルーツとして刻まれている文化と生まれ育った文化とのあいだで揺らぐアイデンティティの問題を丹念に描き、日本でも多くの読者を獲得しています。

そんな彼女が、あるとき突然、イタリア語で創作をはじめたのです。もともと大学院でルネサンス建築と美術の関係を学んでいたこともあり、ラテン語やイタリア語の鍛錬をある程度まで重ねていたという素地はあったようです。二〇一二年から一五年にかけて、長期でイタリアに滞在する機会があり、その帰路、ニューヨーク行きの機内で、自分の小説をイタリア語で書きはじめたのでした。

その小説が出版されるのは二〇一八年のことですが、それに先立って、イタリアでの滞在についてや、イタリア語での執筆に至るまでのことなど、みずからの体験を小説ともエッセイともつかないかたちでまとめた『べつの言葉で』（二〇一五）という作品集を、はじめてのイタリア語

II.

の著作として発表します。

彼女が主として暮らしたのはローマでした。先ほど採りあげたパゾリーニが、ローマにやってきて最初に暮らした、かつてゲットーのあった地域「オクタヴィアヌスの廻廊」にほど近いところで、彼女のローマ滞在ははじまったのです。そして滞在先から歩いて二分ほどのところにあるユダヤ図書館に通って、日々時間を過ごしていた。一九五〇年代前半にパゾリーニが暮らしていたのと同じ地区に、アメリカからやってきたベンガル系の女性作家が暮らし、そして気づいたらイタリア語で表現をはじめていた。この偶然の導きは、ローマという街がなせる見事な魔法の業《わざ》ではないか、という気もしてきます。

ラヒリが最初にイタリア語で著した小説『わたしのいるところ』は、四十六の短い物語で出来上がっています。主人公の「わたし」は四十代後半の大学教師で、一人暮らしという設定。四十六の掌篇には、具体的な名前、とりわけ街の場所を表す名称はひとつも登場しません。しかし、読んでいると、どう見てもローマにある実在の場所としか考えられない描写が次つぎと出てきます。

なぜ具体的な名前を出さないのかについて、ラヒリはあるインタビューのなかで、「名前がなければ、境界も成立しなくなる。何かを除去することで、さまざまなものの意味がひろがる」と述べています。境界——それは、彼女自身が乗り越えなければいけなかった、言葉の、言語の境界でもあったのかもしれません。

ラヒリは、この小説を発表した直後に、「ペンギン・ブックス」シリーズのために厚さ四センチ以上もある『イタリア短篇集』という英訳のアンソロジーを編み、その翻訳のもとにしたイタリア語作品の版が、イタリア国内でも同時に発売されました。四十人の作家の短篇を、イタリア語から英語に訳したのはラヒリ本人です。この『イタリア短篇集』を出版したラヒリの意図は、とてもわかりやすい。一八四〇年代のジョヴァンニ・ヴェルガから二〇一〇年代のアントニオ・タブッキまで、取り上げた四十人の作家は、いずれも自分が抱えている《距離》を言葉に翻訳した作家たちである、と彼女は捉えている。そうして選ばれた作品には、創作においてまさにラヒリ自身が選び取ってきた態度がにじんでいるように思えます。

「べつの言葉」を携えて

さて、『わたしのいるところ』に収められた、ひとつひとつはごく短い四十六の掌篇は、「美術館で」「トラットリアで」のようなタイトルがつけられていて、その時どきの主人公にとっての「わたしのいるところ」を表しています。先ほど述べたように、この作品には、どこにも具体的な地名は登場しません。しかし、実際にローマを、その街の様子をよく見て歩いた人にとっては、ラヒリの言葉を読めば、それがどこを指しているかはすぐにわかる。

たとえば「美術館で」は、このようにはじまります。

II.

鉄道の駅というつねに混雑している場所に隣接しているにもかかわらず、わたしのお気に入りのこの美術館はほとんどいつも閑散としている。

（『わたしのいるところ』、中嶋浩郎訳、新潮社）

こう聞けばすぐに、鉄道の駅に隣接している――ああ、テルミニ、ローマの終着駅のすぐ脇にある「パラッツォ・マッシモ・アッレ・テルメ」のことではないか、とイメージが浮かんできます。第二段落に進むと、「それは古代の家専門の美術館だ」と書かれていて、ほら、やはりそうだった――と確信し、物語の風景に自然と入り込んでいける仕組みになっているのです。

どこであるとははっきりとは記さないけれど、ローマの街の様子を、読者にいきいきと伝える。そのような力を、ラヒリのイタリア語――ネイティヴではない、習得したばかりの、まだまだ未熟なイタリア語――がもっていることに、注目してほしいと思います。

その力の正体について、ラヒリは先ほど挙げた『べつの言葉で』のなかで、このように書き記しています。

わたしはローマで言葉の巡礼者になろうとしている。何か親密で必要不可欠なものを捨てることは必要だと思う。

（『べつの言葉で』、中嶋浩郎訳、新潮社）

言葉の巡礼を重ねながら、ローマの街並みを、ラヒリは見つめている。そして、街を見つめながら、みずからを見つめ、そこから言葉を紡いで小説を書くという作業をつづけているのです。さらにこのように述べます。


わたしは二つに分裂しているように感じる。わたしがものを書くのは読むことへの反応、返答以外の何物でもない。要するに一種の対話なのだ。この二つはしっかりと結びついていて、相互依存の関係にある。

ところが、いまはある一つの言語で書いている一方、読むのはそれとは別の言語ばかりだ。

（中略）

二つの顔を持つヤヌスのことが頭に浮かぶ。過去と未来を同時に見る二つの顔。古代の入口の神、始まりと終わりの神。時の移り変わりの象徴だ。扉を、門を見守る。町を守護するローマ独自の神だ。この風変わりな姿に、わたしはこれからいたるところで出会うことになる。

（同前）


二つの顔をもつヤヌス、そのヤヌスを神と崇めるローマに、みずから向き合うことで、ラヒリの創作はいまもつづけられている。そしてわたしたちも、ローマの守護神に倣って、時間の堆積と対峙する術を身につけることで、まだ見ぬ街の貌と向き合うことが叶うのかもしれません。

12. 生き急ぐ街

——エーコ、ブッツァーティ、マンゾーニとミラノ

ウンベルト・エーコの作品と歩くミラノ

ローマにつづいてやってきたのは、もうひとつの大都会、北イタリアの中心地ミラノ。十九世紀には、スタンダールにチャールズ・ディケンズ、オスカー・ワイルド、メルヴィルにマーク・トウェイン、ヘンリー・ジェイムズと、錚々たる異国の作家たちがこの街を訪れては、作品にその痕跡をとどめています。二十世紀に入ってからも、ヘミングウェイの『武器よさらば』（一九二九）など、文豪の代表作とも言える作品にこの街のすがたが刻まれている例もあり、ミラノの街もローマに負けず劣らず、ひろく世界の作家たちを魅了しつづけています。

ここではローマと同様に、三人の作家に焦点を当てて考えていきます。

まずは、わたしが個人的にもとても親しくしていた人物で、二〇一六年に八十四歳でこの世を

去ったウンベルト・エーコ（一九三二～二〇一六）。一九八〇年、はじめて発表した小説『薔薇の名前』が空前の人気を博し、さらにその映画化もあいまって、それまでの「記号論の世界的権威」という学者としての顔に、ベストセラー作家というあらたな顔が加わり、一躍時の人になりました。現在、もっとも著名な現代イタリア作家と言えば、間違いなくエーコの名が挙がるでしょう。

「ミラノ」と聞いて、すぐに思い浮かぶ空間がわたしにはいくつかありますが、なかでもとくに懐かしく、身近に感じるのは、スフォルツァ城（スフォルツェスコ城）の周辺です。

スフォルツァ城を望む、スペイン大手航空会社の元事務所だったという建物の二階分を、エーコはまるごと買い取り、長年、そこを自宅として暮らしていたのです。ミラノに行くと、大聖堂《ドゥオーモ》あたりから、スフォルツァ城を目指してダンテ通りを歩く――。それがわたしにとって通いなれた経路でした。

エーコと連れ立って食事に行く先は、きまって、城の裏手にある、オペラ歌手マリア・カラスの名前がついたちいさな広場に面したレストランでした。最寄り駅であるカステッロの隣にある別の地下鉄駅カイローリ近くにある「アメリカンブックストア」は、エーコがよく通っていた古本屋でした。また、エーコの小説第二作『フーコーの振り子』（一九八八）に登場する、運河の脇にあるバール「ピラデ」は実在する店ではありませんが、スフォルツァ城のすぐ近くにあるミラヴェルダという広場の「オレステ」というバールとそっくりに描かれていて、よく連れ立って行ったものです。エーコとのそんなあれこれの記憶を、いまでも思い出します。
わたし自身が訳したエーコの作品について考えてみると、一九六三年に発表された、パロディもふくめた文体実験満載の作品集『ささやかな日誌(*Dirario Minimo*)』が思い浮かびます。ちなみに、その邦題をあえて『ウンベルト・エーコの文体練習』としたのは、エーコより先に『文体練習』(一九四七)という本を書き、それをエーコが是非にと望んでイタリア語に翻訳した、フランスの作家レーモン・クノーへのオマージュでもありました。さて、その『ささやかな日誌』のなかに、「ルドヴィコ門の逆説」というたいへんおもしろい一篇があります。そのなかに曰く――ただし、あくまでパロディなので、あまり真面目に受け止めないようご注意を――、

ミラノ原住民は、前後左右の確定が意味をなさず、その結果いかなる方向づけも、いかなる有目的的活動も計画不可能な「魔術的空間」のなかで生きているという誤った認識をもっている。(中略)ミラノがそびえ立つ空間は原住民たちによって、あらゆる方向計算を狂わせ、絶えず変化する経緯座標の中心に個人を置く不安定な空間であると理解されているのだろう
(『ウンベルト・エーコの文体練習[完全版]』、筆者訳、河出文庫)

こんな人を喰ったような仮説をエーコは真顔で得々と展開し、それを「位相幾何学的な現象学」などと述べます。そんな場所に、たとえば、どこへ行くにも、ほぼ直線的移動(直進、ある

いは左右直角に曲がる）だけで事足りる単純な構造の街トリノからやってきたら、混乱すること必至、どんな目に遭うかわかったものではない――。そんなことを、ミラノに実在する場所や実際の地図を使って、いかにももっともらしく証明してみせるのです。

いまでもミラノの街を歩いていて、ルドヴィコ門のあたりに行くと、ふと、この「逆説」を思い出すことがあります。

『ヌメロ・ゼロ』とムッソリーニの記憶

長くミラノで暮らしたエーコだからこそ可能になる描写が、かれの遺した作品には随所に見られます。

たとえば、死の前年に発表した、やや短めの小説『ヌメロ・ゼロ』を見てみましょう。舞台は一九九二年のミラノ。あらたな日刊紙を創刊するための準備号（だからタイトルは「ヌメロ・ゼロ」＝ゼロ号）をつくる編集部を舞台に繰りひろげられる物語は、第二次世界大戦の末期にファシズム体制の支配からミラノが解放されてから、作品のなかの現在――一九九二年に至るまでのイタリアの歴史を、陰謀史観めいた話を織り交ぜながら説いていきます。

そこには、史実においては未解決の、ミラノで起きたテロ事件の話なども出てきます。とくにおもしろいのは、「ムッソリーニはじつは死んでいなかった」という仮説が展開していくあたりでしょう。ムッソリーニの最期については、一九四五年四月二十九日、ロレート広場の地下鉄の駅を上がってすぐのところに、銃殺されたムッソリーニとその愛人クララ・ペタッチの死体がしばらく曝《さら》されていた、という史実がその写真とともに伝えられています。しかし、その遺体がじつは偽物だったのではないか、という荒唐無稽にも思える話が、次第にリアリティを帯びていく。ムッソリーニの死の真相と、一九九二年にミラノを中心に起きた、「タンジェントーポリ（「賄賂都市」などと訳される）」と呼ばれる政財界を巻き込んだ大がかりな汚職事件。このふたつの歴史的事件が、舞台となる現代のミラノの空間で、一本の線で結ばれ、物語は展開していきます。

奇想天外と言えば奇想天外ではありますが、いかにもありえたかもしれない話が、そこには描かれています。

12.

「大司教館から城までは、ドゥオーモに沿って進み、コルドゥージオ広場を横切ってダンテ通りに入れば、五分で行けるからだ。（中略）スフォルツェスコ城には、今日でも秘密の地下道がたくさんある。（中略）そのうちのひとつは（中略）城からサンタ・マリア・デッレ・グラツィエ教会の修道院に通じるものらしい。ムッソリーニはそこに何日間か隠れていたんだ（後略）」

（『ヌメロ・ゼロ』、中山エッコ訳、河出文庫）

ムッソリーニはどうやってミラノを脱出したのか。コモ（パルチザンに拘束されたイタリア北部、スイスとの国境近くの土地）からミラノへ来て、そこから抜け出したとすれば、まさにエーコ自身が暮らしていた区域の向かいにあるスフォルツァ城のなかに秘密の地下通路があって、ムッソリーニはそこを通って抜け出し、最後はヴァティカン教皇庁がかれをかくまったのが真相ではないか――。そのようにして、話がどんどんふくらんでいきます。

これは、ミラノの街の構造を知り尽くしていなければ書くことのできない物語です。エーコにとって本当に愛着のある街を舞台にして書いたこの作品が、かれの最後の小説になったことは、けっして偶然ではないと思います。

ところで、ロレート広場にムッソリーニとその愛人の遺体が吊るされていたというエピソードは、エーコには、かれが少年時代を送った故郷、ピエモンテ地方のアレッサンドリアというちいさな街で、新聞でそのニュースを読んだ記憶として刻まれていたそうです。

かれはそのことを、いろいろなかたちで文章に残しています。『ヌメロ・ゼロ』のふたつ前に書かれた、イタリアの戦後史を記憶喪失の男の目で描いた『女王ロアーナ、神秘の炎』（二〇〇四）では、このように描かれています。

> ムッソリーニがロレート広場に吊るされ、クラレッタ・ペタッチが両足の間のスカートに安全ピンを付けられていた（中略）。殺されたパルチザンが讃えられた。ぼくはどれくらい多くの人が銃殺され絞首刑にされたのか知らなかった。終わったばかりの戦争で亡くなった人

の統計が出はじめる。5500万人といわれる。（中略）妻が最後のキスをしながら飲ませた青酸カリの毒で死んだゲーリングを除いて全員が絞首刑になったニュルンベルク裁判についてぼくは読む。（中略）平和の印のもとに銃殺はつづく。

（『女王ロアーナ、神秘の炎（下）』、筆者訳、岩波書店）

エーコが愛着をもって描いたミラノという街。人が街に愛着を抱くようになる経緯はさまざまだと思います。エーコにとっては、一九五四年、大学を出てすぐイタリア放送協会に職を得て、最初に配属されたのがミラノでした。そこでエーコは、ピエール・ブーレーズやルチアーノ・ベリオといった、当時、現代音楽の最先端をいく作曲家たちと一緒に、ラジオを中心に、新しい芸術の動向を反映した番組を次つぎとつくっていったのです。そのようにして、二十歳代から街の文化的な活力のようなものをみずから創り出し、あるいは吸収しながら、長い年月を過ごし、そして生涯を終えた街――。エーコのミラノに対する愛着が格別なのも当然のことでしょう。

不安と愛着の宿るミラノの街

そんなミラノの街に、エーコよりも少し早い時期から暮らし、そしてエーコに負けないくらい愛着を抱いていた作家がいます。それがシチリアの章（第八章）でもふれたディーノ・ブッツァーティ（一九〇六～七二）。日本では、一九七〇年代にはじめて紹介されて以来、二十世紀イタリアを代表する幻想文学の書き手として、長きにわたって熱烈な愛読者を得ている短篇の名手です。

ブッツァーティは、生まれこそ山間のベッルーノという街で、生っ粋のミラノっ子ではありませんが、大学で国際法を講じていた父親に連れられて幼少期にやってきてから、一九七二年に亡くなるまで、生涯のほとんどをこの街で送りました。一九四〇年から三十年にわたってブッツァーティが勤めた新聞社コッリエーレ・デッラ・セーラの本社がかつてあった、ソルフェリーノ通り二十八番地の界隈には、大聖堂《ドゥオーモ》から歩いてすぐという街のど真ん中にありながら、フォンターナ広場――六九年に、今なお真相不明の爆破テロ事件のあった場所――や聖グレゴリオ通り、ザンドナイ広場といった、ブッツァーティの短篇に描かれた世界――その特徴である何か不安な空気がそのまま閉じ込められて残っている、そんな感じがあります。

ブッツァーティの作品に現れる街並み、建物や通りや景色――たとえばナヴィッリと呼ばれるミラノの運河の風景――の描写を読めば、そこにミラノの街に対する愛情が込められていることはよくわかります。それでも、ブッツァーティの作品を読んでいると、どこか不安になるのを抑えられません。その理由をあらためて考えてみると、かれの作品には、時間が突然停止する瞬間が幾度も訪れるからではないか――。ブッツァーティが亡くなってからおよそ三十年後にまとめられた作品集のある短篇を読んでいて、そのように感じたことがあります。

12.

その短篇は、一九四六年十一月二十九日の夜、聖グレゴリオ通りを舞台としたある殺人事件の謎をめぐる物語ですが、読んでいると、なぜか五〇年代から六〇年代のミラノの風景が、じつにいきいきとよみがえってくる。その時代のことをブッツァーティは描いてはいませんが、小説で描かれた時間の「後」に実際にミラノの街で起きた出来事や事物を、そこに重ね合わせて読んでも、何の違和感もないような描写に感じられるのです。

言い方を変えると、ブッツァーティの作品を読んでいると、いまはもう消えてしまったもの、あるいは消えつつあるもの——たとえば、数少ない長篇『ある愛』（一九六三）のイコン（作品を象徴するもの）とも言えるガリバルディ大通り近くのフォッセット小路のような、かつてのミラノの庶民街——が作品のなかにすがたをとどめているように感じられるのです。ブッツァーティ自身はつねに、自分のなかにある静止画像、つまり時間の止まった街並みを描いているのだけれど、その止まっている時間に、後からそこで起きる出来事が、次つぎ注入されていく——。そんな感じがしてならないのです。

ブッツァーティの代表的短篇集のひとつ『六十の物語』（一九五八）に収められた、「スカラ座の恐怖」（一九四九）という作品があります。そのなかに、「スカラ座は、何事もなかったかのように無表情に、古の時の積み重ねた輝きを示している」という一節があります。何の変哲もない文章に見えますが、やはりスカラ座界隈を日々散策したり眺めたりしているからこそ、はじめて出てくる文章だと感じます。

さらに言えば、日々馴染んだ風景を、時間が静止した架空の街のすがたに投影することで、仮構の風景にリアリティをあたえ、より読者の不安を掻き立てる――。そんな効果をもたらしているのかもしれません。その証左として、センピオーネ公園から現代美術館へ向かう二キロメートルほどの実在する傍道《わきみち》が、ブッツァーティのさまざまな短篇に繰り返し登場する架空の道「サテルナ通り」の名をあたえられて、物語のなかの場所が現実の空間に存在するようになった、という例を挙げておきます。

絵としてミラノを描いたブッツァーティ

ブッツァーティは作家であると同時に、画家でもありました（第九章で紹介したカルロ・レーヴィのような作家と言えばよいでしょうか）。『描かれた物語』（一九五八）と題した作品集（邦題は『絵物語』）も発表しています。一九五八年、その作品集と同じタイトルの絵画展をミラノで開催しましたが、そのときの作品の題材も、やはりミラノの街並みでした。ドゥオーモ広場やディアス広場、ポルタ・ヴェネツィアの公園、ブレラ美術館のある美術学校の一帯――というように、ミラノに馴染みの薄い人であっても誰もが目を留めるような場所が、かれの絵画には描かれています。そして、それらはかれの短篇のなかにも、ふんだんに織り込まれているのです。

「ドゥオーモ広場」と題された油彩の作品（一九五二）では、ミラノの大聖堂が、とくにその胸

12.

壁や尖塔が、まるでブッツァーティが生を受けた街ベッルーノにほど近いドロミテ山脈のような様子で、描かれています。ブッツァーティ自身がその絵に添えた言葉のなかで、ミラノの大聖堂のことを「イタリアにおけるゴシック建築の中でももっとも壮大で、もっとも複雑な建造物」と述べています。その大聖堂をドロミテの山脈になぞらえるあたりは、いかにもアルピニストでもあったブッツァーティらしいと感じさせられます。第八章でも少しふれましたが、ブッツァーティは記者生活の合間に、山に登り、絵を描き、小説を書く、という暮らしをつづけていました。

そのような生き方をしていたからか、「いったい、お前の正体は何なのだ」とブッツァーティはよく訊かれたそうです。そんな経験が、先ほど述べた作品集『描かれた物語』の冒頭に添えられた、「身分証明書」という短篇によく反映されています。

ブッツァーティと思しき人物が道を歩いていて、警官に呼び止められて不審尋問を受けます。「お前は一体何者だ」と。曰く、ここは「画家の町」なのに、なんでお前はここにいるのだ、と誰何《すいか》されてしまう。そして警官から「どうか、あなたの居るべき場所に、物書きの町にお戻りください。一次元の世界に」と言われ、主人公はこれに抵抗します。

「物語を語るのがわたしの職業ですよね？　そしてこれは、この作品は、」わたしは彼に自分の絵を見せながら言った。「物語とは言えませんか？　つまり、絵を描くことはわたしの職業だとは言えませんか？」

（『絵物語』、長野徹訳、東宣出版）

聞かれた警官のほうは返答に詰まり、

「わたしにどうしろと言うんです？　もう勝手にしてください。わたしは何も知らないし、何も見ていない。何か厄介事が起きても、どうかご自分で解決してください」（同前）

こう言って立ち去ってしまう。なんともブッツァーティらしい物語です。

そして、ブッツァーティが描くミラノには、なぜかいつも古本屋のにおいがする。おそらくそれは、先ほど述べたように、ブッツァーティが消えつつある、あるいはすでに消えてしまった街のすがたをとどめようと言葉を紡いでいるからなのでしょう。

Lではじまるもの、Cではじまるもの

ブッツァーティは、ミラノの街でかつて起きた災厄、すなわち一六〇〇年代の前半に起きたペストの大流行を彷彿とさせる物語を書いています。

「Lではじまるもの」という短篇で、ある街に一人の材木商が商売にやってくる。自分ではまったく心当たりがないのに、かれはなにやら不審な人物と目されてしまい、一人の医者と、それに

12.

伴われてきた判事によって尋問、というよりも詰問に遭う。いったい自分の身に何が起きたのか、まったく心当たりがない。話を交わしていくと、少しずつ、やってきた医者と判事が、かれがある病気に罹患しているのではないかという疑いを抱いていることがわかってくる。ひたすら会話を重ねながら、その合間に主人公の材木商の心持ちが綴られていく——。そんな手法によって、読んでいるわたしたちも、謂《いわ》れのない咎《とが》めを受けている気分が募っていき、どんどん不安な気持ちになっていきます。

そのうちに材木商は、しばらく前にたまたま接触した人物が、医者や判事たちの懸念している病気に罹《かか》っていたのだということを理解する。つまり、かれは、現代で言う「濃厚接触者」の疑いをかけられたのです。そしてこの街では、その病に罹った人たちは、自分で鉦《かね》を鳴らしながら移動しなければいけない、という取り決めがなされていました。物語の最後、医者と判事に説得された材木商は、鉦を鳴らしながら街を去っていきます。

社会においてある災厄——たとえば感染する病などが起きたとき、それについてなんの心当たりもない人に対する謂れなき排除や排斥が起こりうる、ということを、この短い物語は描いています。

二〇二〇年の一月の終わり、ある外国人の観光客が、イタリアで最初の新型感染症Ｃｏｖｉｄ－19の罹患者に認定されました。それからまたたく間に、ミラノを州都とするロンバルディアに、そしてさらにイタリアのほかの地域へとひろがっていったことを覚えている方もいらっしゃるでしょう。イタリアで急激に感染がひろがっていく状況を見たとき、すぐに思い浮かべたのが、この「Lではじまるもの」という物語でした。

ペスト禍を鋭く、冷静に見通したマンゾーニ

フィレンツェの章（第六章）でもふれましたが、二〇二〇年、新型感染症がひろがっていった初期のころに、ボッカッチョの『デカメロン』をはじめ、ペストを題材にしたかつての文学作品のなかのさまざまな描写を、このたびの出来事と結びつけて論じる人が次つぎと現れました。

そうして取り上げられた作品のひとつに、イタリア・ロマン主義を代表する国民的作家、そしてミラノの作家であるアレッサンドロ・マンゾーニ（一七八五～一八七三）の『いいなづけ』（一八四二）がありました。マンゾーニはこの大長篇のなかで、一六三〇年にミラノで大流行したペストにまつわる出来事を描いています。そのことは二〇二〇年の春以来、イタリアで何度も繰り返し言及されることになりましたが、これもフィレンツェの章でも述べたように、そのようなある種安易な、ありきたりな文学的連想は早晩沙汰やみになりました。

こうしたメディアの取り上げ方のはらむ危険も重々承知したうえで、ブッツァーティの「Lではじまるもの」を紹介したような視点から、文学作品と、いまわたしたちが体験している新しい感染症との関係のあり方を考え直す手がかりとして、マンゾーニという作家とその作品について

紹介したいと思います。
マンゾーニは『いいなづけ』の後半で、ペストに向き合う姿勢として、傾聴に値することを記しています。

だが事の大小に拘らず、あれほど長きにわたり歪んだ道すじは、避けようと思えばそのほとんどは避けられたはずで、それにはかなり以前から示されているとおり、口を開く前に、まずよく観察し耳を澄まし比較し考えるというやり方を採ればよい。

（『いいなづけ』、筆者訳†）

これは第三十一章の終わりにある語り手の言葉、つまり作者自身の言葉として綴られている箇所ですが、このような事態との冷静な向き合い方を、マンゾーニは『いいなづけ』という作品で、小説として実践しているように感じられます。

当時のミラノ市民の三分の二が亡くなったとも言われる事態のなかで、主人公のレンツォが「ペストが猖獗《しょうけつ》をきわめ、遺棄された死体が放つ悪臭がいかにも甚だしかった」と表現せざるを得ないような市中の様子を、マンゾーニは小説のなかに克明に残しています。それらの描写も、リアリティという観点から非常にすぐれたものと言えますが、それ以上に、事態と向き合う作者マンゾーニの姿勢という観点で注目してほしい箇所が、その先に出てきます。凄惨な状況が克明に描かれたその街のなかを、人はいったいどんな服装で歩いたらよいのか。当時のミラノ市民が気をつけなければならなかったのは、「裾や袖が風に舞ってなにかに触るような服」はだめだということ。なぜかといえば、「塗屋に塗りたくる機会を提供するような服」になるから——。つまり、風に煽《あお》られてペスト菌が舞い散るのです。それを警戒して、「ペスト塗り」という職業が登場し、かれらが人びとに「これはペストなんだ」と警戒を促す役回りを果たしていた。しかしやがて、「ペスト塗り」こそがペストを伝播させている元凶である、という噂がひろがり、人びとは疑心暗鬼にとらわれる——。そんな様子が克明に描かれています。

まさしく「Lではじまるもの」でブッツァーティが描いた、たったひとつの病が社会から人びとを排斥し選別する契機になってしまうことの恐ろしさを、淡々と、事実に即した描写によって伝えることのできるマンゾーニの筆力はすごい、とあらためて思います。

物語も終わりに近づいてきたところで、主人公レンツォはいいなづけであるルチアの足跡をたどっていき、ようやく彼女のもとにたどり着きそうになりますが、その場所は「ラッザレット」でした。トリエステの章（第七章）で、ウンベルト・サバの詩「三本の道」に出てきた通りのうちのひとつの名前が「旧ラッザレット通り」だったことを覚えているでしょうか。それは救貧院があった通りにつけられた名前でしたが、「ラッザレット」とは本来、病を得た人たちを隔離する施設のことです（『いいなづけ』の平川祐弘訳では「避病院」）。この箇所を読むと、マンゾーニが描いたままの光景が、いまもミラノの街のなかに残っていることが伝わってきます。

12.

避病院《ラザレット》の中庭の中央に数段高くなって聳える八角形の礼拝堂は、その最初の造りでは、全方向に向けて開いていた。角柱や円柱のほかは支えは一切ない、いわばすけて見える建物である。各面に二つ柱間《はしらま》があってその間に一つずつアーチがある。内には教会の本体と呼ぶべき建物のまわりにずっと柱廊があって、これは八つのアーチだけで構成されている。

（『いいなづけ　下』、平川祐弘訳、河出文庫）

『いいなづけ』では、十七世紀にミラノを襲ったペストの惨禍が克明に描かれてきましたが、最終盤の第三十七章に至ると、雨がこの伝染病をすっかり流し去って、すべてがすっきり晴れあがるかのように物語は終焉へ、ハッピーエンドへと向かっていきます。

レンツォが避病院《ラザレット》の門をくぐって右手へ曲り、その日の朝そこから城壁の下へ出た小径《こみち》に向おうとした時、雹《ひょう》のような大粒の雨がばらばらと激しく降り出した。それが乾いて白っぽくなった通りの土を撥《はね》るように叩くので細かい埃が舞いあがる。がその粒があっという間に繁《しげ》くなって、レンツォが小径に着く前に、はやどしゃ降りとなった。彼はだがその雨に慌てるどころか、雨の中をしぶきをあげて悠々と進み、その涼《りょう》を楽しんでいる風さえあった。草葉《くさば》は囁き、揺らぎ、打ちふるえ、滴《しずく》を垂れ、鮮やかな緑を取戻して、光っている。久しぶりにゆったりと胸一杯大きく息を吸いこんだ。そしてこの天から沛然《はいぜん》と降り注ぐ、大自然の

溶解に、いまさらのように生き生きと溢れんばかりに、我が運命においてなにものかが定まったことを感じたのである。（同前）

マンゾーニの『いいなづけ』は、イタリアでは「国民文学」と呼ばれる作品です。公教育の場で否応なしに読まされ、暗誦までもとめられることもあるからでしょう。結果的に、最後まで読み通すことなく、タイトルを聞くだけで嫌な顔をする人も少なくないと言われています。幸い、わたしたち日本の読者は、強制されることもなく素直な気持ちで、さらに歴史に学び、現在の状況に鑑みて、この作品を「いま」に活かす視点に立って読むことができます。

エーコが愛した『いいなづけ』

マンゾーニの『いいなづけ』にもっとも高い、熱のある賛辞を送っていたのが、この章のはじめに紹介をしたウンベルト・エーコでした。エーコは、この長篇小説が好きでたまらず、みずからそのダイジェスト版までつくってしまったのです（邦題は『イタリア語で読む　ウンベルト・エーコの『いいなづけ』』）。

この作品をそれほど愛する理由について、講演録『巨人の肩にのって』のなかで、エーコはこのように述べています。

12.

実際わたしはレンツォ・トラマリーノのことなら、自分の父親のことよりよく知っている。父についてはその生涯の、さていったい幾つの逸話を今はもちろん、未来永劫にわたって無視したまま過ごしたとしても構わない（中略）。ところがレンツォ・トラマリーノについてであれば、わたしが知っておくべきすべてをわたしは知っていて、仮にマンゾーニがわたしに語っていないことがあれば、それはわたしにとっても、マンゾーニにとっても、そして小説の登場人物としてのレンツォにとっても、些末なことだというわけだ。

（「見えないもの」、『巨人の肩にのって』、筆者訳†）

なんとも熱のこもった、『いいなづけ』への賛辞です。

エーコがこれほどの手放しの親愛の情を送った理由は、先ほども述べたように、「口を開く前に、まずよく観察し耳を澄まし比較し考える」という方法を、マンゾーニが小説をとおして実践したからではないかと思います。

ミラノという街は、大都市なので、実際に訪れて歩くたびに、人びとのせわしなさに辟易《へきえき》することも、少なくありません。しかしその一方で、ある一定の距離を保って、人を、景色を、物事を観察する、そのような環境としては、ほかのイタリアの街にはない独特の条件を備えている、ともしばしば感じます。

そんなミラノの街から、次にいったいどんな文学作品が生まれるのか——。わたしにとって、それはいつも楽しみなことです。イタリアでは、出版社が首都に集中しがちな日本やフランスとは違って、各地にひろく分散して営まれています。ミラノには、エーコが亡くなる少し前に友人たち・仲間たちと創設した、その名も「テセウスの船」という、救いの希望が見いだせそうな名の出版社があります。かれが亡くなってからしばらく時が流れましたが、いまもってなおわたしは、ミラノにそうした希望を託したくなるのです。

13. 水が刻む時、ふたたび《見えない都市》へ
――ヴェネツィア

ふたたび『見えない都市』で、物語の声を聴く

さまざまなイタリアの街を、イタリアの作家たちがどのように描いているのか、そして文学作品のなかでそれらの街がどのように息づいているのかを、一緒に歩きながら旅をするように見ていこう――。「はじめに」でそのように述べ、第一章では、二十世紀を代表する作家イタロ・カルヴィーノが著した『見えない都市』という不思議な作品を手がかりに、その旅をはじめようと呼びかけました。

そしてつづく第二章から、そのカルヴィーノが二十歳まで暮らした故郷、リグーリア州のサンレモの街をどのように作品に投影しているのかを見ることを皮切りに、イタリア各地の街・土地をめぐる旅をつづけてきました。

第一章で取り上げた『見えない都市』では、実在しない架空の都市をめぐって、モンゴル帝国皇帝クビライと、ヴェネツィアからやってきた青年商人マルコ・ポーロが語り合います。二人の会話を読みとくなかで、わたしたちは「街を見る、街を感じる」とはどういうことなのか、というテーマを見いだしました。

では、不在の街を描いた『見えない都市』を通じて考えたこの問いが、イタリア各地の実在する街について描かれた、ほかの作家による、ほかの作品に投影されたとき、いったいどのように映るのか——。その答えをもとめて、ここまでイタリア各地をあちこち歩いて旅するように見てきたわけです。

第一章でもふれましたが、『見えない都市』のなかでクビライがマルコに

「物語を差配するのは声ではない、耳なのだ」

（『見えない都市』、筆者訳†）

と告げたことを、もう一度思い起こしてみましょう。

わたしたちが旅をする、街を見る、街を歩くというとき、研ぎ澄まさなければならない感覚のひとつとして「聴覚」がある、と述べているのです。「視覚」＝「見ること」と並んで、あるいはそれ以上に、「聴覚」＝「聴くこと」、耳を澄ますことが、街と向き合う際には肝要だ。見えない街のすがたを捉えるためには、聴く力を鍛錬しなければならない——。そのようにわたしたち

を諭しているのです。事実、都市について語りながらマルコは、皇帝の沈黙を読み、耳を澄まします。詰まるところ、都市とは、「見えない」ものに目を凝らし耳を澄ます、という行為の連続のなかにだけ存在する「記憶」の集合体であり、その記憶は、対話する両者だけでなく、二人の対話をとおして都市のすがたを読もうと目を凝らし耳を澄ます読者によって、共有されるものでもあるのです。

13.

時間を旅する、時間のなかを歩く

旅の最後となるこの章で取り上げる街は、『見えない都市』のモデルになっている——というよりも、『見えない都市』という作品のなかにもっとも頻出する、いや、さまざまなレベルで、また多彩な方法で『見えない都市』に描かれ、すべての都市に少しずつ存在する、つまり「遍在する街」——ヴェネツィアです。マルコ・ポーロという旅人にして物語作者の出身地であり、記憶の空間としてのヴェネツィア。この街に焦点を当てて、もう一度、「作家と街を旅する」とはどういうことなのかを考えてみたいと思います。

これまでに十のイタリアの街を、作家たちがつくり出した多彩な作品を携えて旅してきました。その旅を経て、いま自分のなかに残っているのは、街を歩く、つまり身体を運ぶ行為をつづけてきたように見えて、じつは空間を移動しているのではなく、時間のなかを歩いてきた——、そんな感覚です。実際に、空間を旅する・歩くことと、時間を旅する・歩くことは、それほど違わないのではないか――。とりわけ小説や詩を前にしたとき、そう感じます。

そしてヴェネツィアという街は、まさしく時間を旅する場所にふさわしい。『見えない都市』に、ヴェネツィアの面影がつねに差しているのは当然のように思えてきます。

ヴェネツィアを故郷にもつマルコ・ポーロをクビライと対話を交わす主人公に据えることで、ヴェネツィアの街そのものも必然的に、『見えない都市』という物語の主役として浮上してくることになりました。

クビライはすでに気づいていた。マルコ・ポーロの都市はどれも似通っていて、それらを往来しようと思えばわざわざ旅などするまでもなく、あれこれ要素を交換すればすむようだ、と。（同前）

実際に街から街へ足を運んで、直にその目で見なくても、マルコの話に耳を傾けてさえいれば見えてくる、それぞれの街のすがた。それらがどれも交換可能な要素の集合体として、「都市」（＝街）をかたちづくっているのだとすれば、「旅」とはいったいいかなる行為を指しているのか――。この問いに答えるために、本書の最後に、ヴェネツィアという街について考えてみることにしたのです。

ここまで、訪れるイタリアの街は「イタリア語で描かれた街」であり、作家としてイタリアの作家を取り上げてきました。その決まりを破って、まずはイタリア以外の国の作家を紹介するところから、ヴェネツィアの話をはじめることにします。

13.

ヴェネツィアの水を見つめたヨシフ・ブロツキー

その人物とは、ヨシフ・ブロツキー。一九四〇年にソヴィエト連邦のレニングラード（現サンクトペテルブルク）に生まれ、七二年にアメリカに亡命した作家、詩人です。なぜこのヨシフ・ブロツキーとヴェネツィアなのか。かれはアメリカに亡命後、九六年にニューヨークで亡くなるまで、毎年、冬のヴェネツィア――季節外れの、観光客もほとんどいない、暗いヴェネツィアの街――を訪れつづけていたのでした。

ブロツキーが英語で著した作品に、*Watermark*（一九九二）という幻想的な掌篇があります。日本語版のタイトルは、その名も『ヴェネツィア』。

先ほど述べた「ヴェネツィアを歩くということは、ヴェネツィアで時間と向き合うことだ」を、身をもって体験した詩人が綴ったこの幻想譚『ヴェネツィア』には、冬にヴェネツィアを旅行した人であれば誰もが体験することになる、深い霧の光景が描かれています。ヴェネツィアの冬は、霧が出ると、ほんとうに一寸先も見えない。そういった環境に身を置くとはどういうことなのかを、ブロッキーは物語に記しています。

冬、この地方特有の霧、あの有名なネッビア［筆者注：nebbia］が、水に映る影はもちろん、建物、人、列柱、橋、彫像など、およそ形を持つものすべてを突然消し去ることによって、この場所を、どんな宮殿の奥深くにある聖域よりもはるかにはかないものにしてしまう時だ。

（『ヴェネツィア――水の迷宮の夢』、金関寿夫訳、集英社）

かたちをもつものをすべて消し去る。ではそこに存在するものたちは、人は、どうなるのか。〝余所者〟がヴェネツィアに、それも冬のヴェネツィアに足を運んで、この街に特有の深い霧の光景を体験したとき、自分自身はヴェネツィア人ではない、そこに生まれ育ったわけではない、それはある種の不幸だ――。そのようにブロッキーは感じていたようです。

ヴェネツィアに生まれるという幸運を逸してしまった以上、せめてなにもかも見えなくなってしまうという特権を共有することに、誇りを見つけることが出来る

（同前）

物語を読み進めていくと、決定的な描写に出会います。

13.

水は時であり、自らの分身を通して美を与えてくれる。ぼくらもその一部は水であり、ぼくらもまたそのようにして美に仕える。この町は水をこすって、時の容貌まで改良する。

（同前）

ヴェネツィアと向き合う、ヴェネツィアを歩く、旅するということは、水と、時間と向き合うことだ。アドリア海に注ぐヴェネツィアの運河の水が、時間も一緒に流し去っていく。そして流し込まれていく時間は、街を流れる運河をたどってアドリア海に流れ込むうちに、時の死骸へと化す――。そんな情景が目に浮かんでくるようです。

もしもぼくらが、時間と完全に同義である水と、ある部分で意味を同じくするならば、（中略）時間はそれらをもとに端の擦り切れたセピア色の写真のように、それらがないよりはましな形の未来を、コラージュ技法を駆使して、多分作りだしてくれる

（同前）

アドリア海に注ぐ水の流れを見つめる詩人ブロツキーの眼差しが、この『ヴェネツィア』という作品を生み出したわけですが、ここで、水に映る像とはいったい何なのかと言えば、その水の鏡を覗き込み、時を見つめている自分以外の何ものでもない。それは、ブロツキーの美しい描写に結びつけて言うなら、みずからが生きた「時」の死骸を眺めることにほかなりません。

ヴェネツィア共和国の終焉からはじまった神話

ヴェネツィアは、七世紀末から一千年以上にわたり、地中海に君臨する「共和国」として長く権勢を誇ってきましたが、その絢爛と栄華を極めた時代が終わると、一気に凋落、衰退へと向かいました。しかし、まさにその凋衰がはじまったときから、ヴェネツィアは、詩人や画家、音楽家にとって、いっそう魅力的な街へと変貌を遂げたように、わたしの目には映ります。共和国の栄華が、肖像画や風景画のなかでだけ生き延びる術を見いだしたのとひきかえに、芸術家たちの言葉のなかで神話として輝きはじめたと言ってもよいでしょう。

イギリスの詩人バイロンが、もし一八一六年にヴェネツィアを訪れなかったら、後につづく者はいなかったかもしれない。——たとえば画家ターナーも、ヴェネツィアの夕陽を描くことはなかったかもしれない。それがたとえ、四年におよぶ放蕩と浪費の暮らしの連続であったとしても、バイロンがヴェネツィアの街に逗留することがなかったとしたら、「溜息橋」という名で日本でも知られる橋が詩に唄われることはなく、その橋に魅せられて作家のヘンリー・ジェイムズが、小説『鳩の翼』(一九〇二)を綴ることもなかったでしょう。

このように、共和国の繁栄が潰えた後に、ロマン主義の刻印を受け、ヴェネツィアという街の神話——とりわけ創作・芸術における神話——は誕生した、と言えるかもしれません。そしてヴェネツィアを訪れる者は、いまでもその神話を生きるためにやってくるのでしょう。

13.

カルヴィーノに見いだされた才能

そんな芸術家たちのなかに、『見えない都市』でマルコ・ポーロを主人公の一人に据えることで、架空の都市の背後にヴェネツィアの影を滑り込ませたカルヴィーノが、晩年に見いだした一人の作家がいます。

ダニエーレ・デル・ジュディィチェ（一九四九〜二〇二一）。一九四九年生まれで、三十三歳のときに発表した小説第一作『ウィンブルドン・スタジアム』（一九八三）がカルヴィーノの目に留まり、作家デビューを果たしました。

デル・ジュディィチェはもともとローマに暮らしていましたが、一九九〇年代の終わりに、遅々として進まない創作を打開しようと、ヴェネツィアに移り住み、「フォンダメンタ（運河通り）」――旧税関で、いまは建築家・安藤忠雄によって美術館に変身した「ドルソ・ドゥーロ」へとつづく界隈――に居を構えます。そして自宅やサン・マルコ広場を会場に、錚々たる詩人や哲学者、歌手を招いて朗読会、講演会などを活発に組織しながら、芸術と歴史の街の日常を生きるなかで、あらたな創作の手がかりをつかんでいったのです。

それは、路地を歩く、雲や霧や波といった自然を日常として生きる――そんなヴェネツィアの暮らしのなかで、声や足音で人を認識する、見分けるという、ヴェネツィア固有のかけがえのない言語と対話を交わすことでした。

稀代の才能を発揮したデル・ジュディチェでしたが、二〇〇九年、若くしてアルツハイマー病を発症して療養生活に入ります。そしてついに回復することなく、イタリア三大文学賞のひとつ、それもヴェネツィアの文学協会が主催するカンピエッロ賞で功労賞を受賞する二日前、二〇一一年九月二日にこの世を去ったのです。

しかし、かれが遺した小説は、いまなおその輝きを失うことはなく、とりわけヴェネツィアの街のことを考えるとき、そして街を歩く、旅するということを考えるとき、かけがえのない示唆をあたえてくれるように感じられます。残念ながらまだ邦訳された作品はありませんが、ヴェネツィアの街と結びつけて、ぜひその名を記憶にとどめてほしいと思います。

隠された声に耳を澄ます

わたしたちの現在《いま》を、どのようにしたら表象できるのか。そのために、いったいどのような地図を物語のなかに描いたらよいのか——。デル・ジュディチェは、そんな問題をずっと考えつづけた作家です。

かれのデビュー作『ウィンブルドン・スタジアム』では、地理の分野でひろく用いられている「メルカトル図法」の発明者とされる、十七世紀の地理学者メルカトルが考案した地図がいかにすぐれていたかについて、次のように書かれています。

13.

メルカトルの地図は地理の投影ではない。正確な計算とほぼ完璧な数学の力で発明されたのだ。またの名を表象という。

（『ウィンブルドン・スタジアム』、筆者訳†）

こうして物語のなかに描く地図の問題を追求しつづけたデル・ジュディチェは、第二作『西洋地図』（一九八五）においても、危ういところで飛行機事故を免れた、気鋭の素粒子物理学者と《光の地図》作成を模索する老人の二人を主人公に、「表象としての地図」をめぐる物語として、この問いの答えをさぐっていきました。それ以降、九〇年代をかけてこの問題と向き合うなかで、ヴェネツィアへの移住を決断し、芸術と歴史の都を「日常」として生きるようになりました。そしてヴェネツィアの街を、路地を、ひたすら歩きつづけたのです。一見まったく変化のない都市空間に出現する《変化》を描くためには、未だ言葉を見つけられないものたちの胎動を聴き、かすかな《危機の予感》を感じ取ることがもとめられる――。デル・ジュディチェはそう気づいていったのかもしれません。

水の都に移り住んでから書きはじめ、病を発症する直前に書き終えた物語『動く水平線』（二〇〇九）は、かれ自身が述べていたように、海を彼方から海岸沿いに眺めて書いたものを、一度水中に視点を移して見つめなおし、そのとき生じる変化を描いた作品のように感じられます。

わたしの人生そしてわたしの仕事のすべては、人をものに、ものを経験や感情、自身の知覚、思考につなぎ合わせること以外のなにものでもなかった。わたしがここまでつくりだしたものは、おそらく一枚の特殊なレンズのようなものだろう。それがあれば人びとが関係のなかで等しく尊厳を保ちながら背景やかたちを見ることができるようなものかもしれない。

（『動く水平線』、筆者訳†）

訪れたことがある人はご存知かもしれませんが、ヴェネツィアの道路標識は独特なつくりをしています。たとえば、「サン・マルコ広場」を表す標識には、その方向を示す矢印がひとつあるのが通常のかたちだと思いますが、ヴェネツィアでは、ときにそこに複数の矢印が交錯している——。つまり、「どちらに行ってもサン・マルコ広場へ行ける」ということを示しているわけです。慣れない人は「いったいどちらへ行けばいいのだ」と思うかもしれませんが、逆に言えば、その独特の矢印を組み合わせた道路標識のおかげで、ヴェネツィアの路地を歩く人は、「どちらに行っても、あなたの目的地に行くことができますよ」という確信を手にすることができるわけです。

いま、サン・マルコ広場の名前を挙げました。イタリア語で「広場」は piazza と言いますが、ヴェネツィアの街のなかで piazza の名があるのは唯一、サン・マルコ広場だけで、そのほかの「広場」は campo という名で呼ばれています。番地の付け方も、他の都市には見られないユニー

ヴェネツィア、アカデミア橋から見下ろす大運河（カナル・グランデ）。左へ行けばサン・マルコ広場、右はジュデッカへつながる［筆者撮影］

クなもので、一七〇〇年代にオーストリアの方式を導入したとされる四桁の長い番地が、ヴェネツィアの街を歩くと目に飛び込んできます。

そんな、余所にはない独特の記号のシステムを日常のなかに抱え込んだヴェネツィアの街。その路地を歩いていく。先ほどもふれた、深い霧や、靄、波――そうした自然と一緒に一日を生きるのが、ヴェネツィアの暮らしだとしたら、そのとき誰もが頼りにするのは、人の足音や、話し声などです。ヴェネツィアの街を歩いていると、窓の鎧戸《よろいど》が下ろされている家が多いことに気がつきます。それは、鎧戸の内側、建物のなかで起きている暮らしの音や出来事が、路地を歩いている人間にはわからない、秘密に保たれたままだ、ということです。しかし、その鎧戸がいったん開いたときには、それらの音が漏れ出てくることでしょう。ヴェネツィアの街を訪れた人は、閉じられた鎧戸を見ながら、その向こう側、建物の内側で起きている出来事に思いを馳せながら、路地を歩くことになるのです。

注意を怠っていれば、ヴェネツィアという街は、まったく何も変わらない、変化が何もない場所のように見えなくもない。「何もない」――そこから何も言葉は生まれない、紡ぎ出されないことを意味する――ということに、そうしたかすかな、細やかな変化に気持ちや思いを馳せること、そしてそこに言葉をあたえる、あるいは言葉をあたえる何かが起きるかもしれないと予感すること――。それが、ヴェネツィアを生きる、ヴェネツィアを歩くということではないかと思います。

13.

ヴェネツィアに固有の感覚で街を描く

そのことをデル・ジュディチェは、ヴェネツィア人固有の地理感覚、もしくは方向感覚という観点から観察しています。ヴェネツィア人は生まれつき《地理的》な感覚を正しくもっており、緯度に基づいて語ることができると言うのです。それは、緯度といえば、ただ「北か、南か」という大雑把な区分だけで語るもの、という地理的認識に馴染んできたイタリア全般の感覚とは、決定的に異なっている。すでに起きたことについて分析する科学とは異なり、「地理学」はいつも《これから起きるかもしれないこと》について語るものだと考える作家にとって、ヴェネツィア人の精緻な地理感覚ほど好ましいものはないと言うのです。

「(前略) 時どき地理学がもっとも根本的な学問に思えることがある。大地に名前によってむすびつけられているように、人には方向づけによって結びつけられているのではないかと……もしかしたら思考と感情のほんとうの中心は、平衡感覚を司るちいさな骨のある耳のなかにあるのかもしれない」

「さて」と言葉を継いだ。「たぶん最後にはまた違う地理学を身につけることになるのかもしれない。手にした地図から目を上げて、自分の前を見つめたり周りをながめてみれば、自然と同じ実寸大の巨大な地図があって、それでどんな地点に指を置いても、《ここ》とか

《わたし》とか言えるようになる……」
（同前）

——自分が今いる地点を精確に測定できる《地理学》を身につけ暮らすヴェネツィアの人びと——。その感覚を鍛え馴染ませる街のありように、作家はふかく共感している。

そして「フォンダメンタ」と呼ばれる海岸沿いの通りに立って海を眺め、たとえば聖エルモ教会から望む陽の出を描こうとするとき——。

「ですが光を描写するのはじつにむずかしい！　言葉にするといつも強すぎて、どこからつかまえたらいいかわかったためしがない。ひとが光と口にすれば、それを聞いただれかはたちまち見当外れもはなはだしいことを思い浮かべる。時間だって合っていないし、空間だって、どことも特定できない確実性の皆無のことをだ。なのにわたしは、光を見えるがままのものとして扱えたらうれしいと思っている」。そう言って靴で小石を混ぜてから、また話しだした。「それくらい光についてはたくさんの形容詞が要るんだ！（中略）たとえば、青白い光、真昼の光、冷たい光、悲痛な光と言うことはできるだろう。光はいつもみずからに等しくあって、変わるのは感情のほうだけだ。
（同前）

ヴェネツィアに暮らし馴染んだ人ならば、余分な感情についての形容を削ぎ落として、光そのものを言葉にしようと心をくだくであろうと考える。それは光を描写することの難しさを知っているからこその姿勢だ、とデル・ジュディチェは考えているのでしょう。

デル・ジュディチェは、光を見ている自分自身、わたしたち自身の感情が光によって変わるのだとすれば、その感情の描写を形容詞として表出することなく、光を描くことの困難を克服する術をヴェネツィアから学んだ、と告げているように思えます。

ヴェネツィアの街の暮らしがもたらす固有の感覚のありかを、カルヴィーノが最後に発掘した作家に学ぶ——。これもまた、『見えない都市』が遺してくれた街の歩き方なのかもしれません。

13.

スカルパと泳ぐヴェネツィア

デル・ジュディチェと同じように、ヴェネツィアの街そのものをみずからの作品に投影している作家がいます。

ティツィアーノ・スカルパ。一九六三年、ヴェネツィア生まれ、ヴェネツィア育ちの、現役で活躍している人気作家です。

スカルパの『ヴェネツィアは魚だ』（二〇〇〇）という作品は、ヴェネツィアの街が備えている特徴を見事に表しています。この短い作品のなかで、スカルパはヴェネツィアを、足、足先、顔、手、耳、口……というように、人間の身体の部位になぞらえて延々と語っていきます。

ヴェネツィアは魚だ。どれか地図で眺めてごらんなさい。地図を背にして泳ぐ巨大な舌平目に似ている。いったいこの驚異の魚はどんなふうにアドリア海を遡り、わざわざここに帰巣したのだろうか?
（『ヴェネツィアは魚だ』、筆者訳†）

実際、「ヴェネツィアは魚だ」という発想は、この街を俯瞰してみれば、誰もが気づくことでしょう。どう見ても魚にしか見えない。それも舌平目に似ていないか——とスカルパは言うのです。

そこから、スカルパは想像を羽ばたかせて、ヴェネツィアという島——一匹の魚は、どんなふうにやってきたのかはわからないけれど、じつはアドリア海を遡上してきて、ようやくここまでたどり着いた。そして、長い旅をしてきたので、もうこれ以上旅はすまい。ここに骨を埋めよう、と逗留をはじめた——。そうしてヴェネツィアという島になった、と物語ります。

こんな話をしていると、数あるほかの書物に微笑みながらやり過ごされてしまうだろう。それらは、何もないところから生まれ、交易でも軍事でも途轍もない成功を収め、衰退へと向かった、おとぎ話としか言いようのない町の物語を語ってくれる。ほんとうは違うんだ、ぼくの話を信じてほしい。ヴェネツィアはいつだって、きみの目に映るように、でなくても

13.

ほぼそのとおりに存在していたのだ。（中略）ところがある日、（中略）気づいたら、からだの表面がすっかり沈殿物で覆われていた。海の水で洗い流すには重すぎる鰭《ヒレ》になっていたのだ。地中海の最北にある入江に遡ってもどるのは一度かぎりと決めていた。なにしろこのうえなく平穏で身を護るには最適だったから、ここで休むと決めたのだった。

（同前）

この比喩はとても的を射たものです。なぜなら、ヴェネツィアは人工島だから。実際にこの島は、海に浮いているのです。その気になれば、どこかにまた漂っていってしまうかもしれない。それがたまたま、なぜか長いこと、いまわたしたちが知っているあの場所に、そのままとどまっているというのです。

どこに行こうとしているの？　地図なんか捨ててしまいなさい！　どうして今どこにいるか、どうしても知りたいの？（中略）ヴェネツィアでもね、少し視線を上げてみれば、黄色い標識がいっぱい。それに矢印がついていて、教えてくれる。《そっちへ行って、間違えないように》。《駅へ》《サン・マルコへ》《アッカデーミアへ》（中略）心配無用。行き先は道が勝手に決めてくれる（中略）。さまようこと、あてどなく歩くことを学ぶといい。道に迷うことだ。

（同前）

迷子のすすめ――。生っ粋のヴェネツィア人、スカルパがヴェネツィアの街と対峙する最適・最良の方法として推奨する歩き方、それが標識に身を任せることだという事実を、素直にわたしたち余所者の旅人は受け入れたい。そうしてはじめて、俯瞰も、水中からの眺めもふくめて、ヴェネツィアという人工の浮き島のありように向き合い、歩きはじめることができるのですから。『ヴェネツィアは魚だ』は、刊行から二十年の時を経て、つい先ごろ新しい版が世に出ました。それほど、いまやヴェネツィアを語るのに不可欠な書物となっています。

想像力をあたえる街

ここまで、ヴェネツィアをめぐる文学散策を楽しんできましたが、ほかにも多くの画家や写真家、文学者、音楽家たちがこのヴェネツィアの街に魅せられ、ヴェネツィアを訪れて、すばらしい作品を生み出してきました。

たとえば、シェイクスピアの劇作品の数々。

『オセロ』で、主人公オセロに殺される妻デスデモーナの館は、いまもカナル・グランデに面して立つコンタリーニ家の屋敷と想定されます。もしその知識を得てあらためてヴェネツィアを訪れたなら、『オセロ』という作品を、あらたな目で読み返すことができるでしょう。

また、『ヴェニスの商人』に登場する金貸しのシャイロックは、ヴェネツィアにある世界で最初にできたゲットーで暮らしていたとされています。そんな物語の世界を読みといてから、あらためてゲットーの周りにある、ひたすら上へ上へと伸びる建物に囲まれた地区を歩いてみるとき、この空は、シャイロックの目には、いったいどのように切り取られて映ったのだろうか、と考えることがあるかもしれません。

そのような想像力を、これまで訪れたことがある人にも、これから旅する人にも、さまざまなかたちであたえてくれる――。ヴェネツィアとは、そんな街だと思います。

13.

ふたたび、『見えない都市』とヴェネツィアへ

ヴェネツィア出身のマルコ・ポーロ。そのかれが、クビライに自分が旅した街――そのすべてが、それぞれ女性の名前をもった街――の様子を語りつづけたのが、『見えない都市』という物語だったことに、もう一度立ち返ってみたいと思います。

どの街について話すときも、それはヴェネツィアのことを話しているのではないか、とクビライに指摘されたマルコは、正直にそのとおりだと告白をします。しかしつづけて、ヴェネツィアについて語るためには、ほかの街、まだ口にしていない街、いろいろな街に立ち返ってみる必要があるだろうと言うのです。

「まだひとつだけ、おまえが話そうとしない都市が残っている」

マルコ・ポーロは首をかしげた。

「ヴェネツィアだ」と汗は言った。

マルコは微笑んだ。「でしたら、それ以外の何を話して差し上げていると考えていらしたのですか？」

皇帝は身じろぎもせず言った。「だがおまえは一度たりとその名を口にしたことはない」

ポーロは答えて――「どの都市について話すときも、何かしらヴェネツィアのことを話しているのです」

「ほかの都市の長所を知るためには、言外には明らかにされない最初の都市から出発しなければなりません。わたしにとって、それはヴェネツィアなのです」


（『見えない都市』、筆者訳†）

もちろん、第一章でも見たように、『見えない都市』には、ヴェネツィアにとてもよく似た特徴をもった街がいくつも登場します。

水都エメラルディーナでは、編み目なす水路と街路が重なり合っている。ある場所から別の場所へ行くには陸路か舟か、その経路を必ず選べるようになっている。それにエメラルディーナでは二点間を結ぶ最短の線は直線ではなく、曲がりくねったさまざまな変種として分岐する稲妻型をしているため、ゆくひとの前に開ける道は、二通りどころか山ほどあり、小舟による渡しと陸上の乗り合いを交互に利用するのであれば、これがさらに増えるというわけだ。（同前）

このようにして、いまもわたしたちが実在のヴェネツィアの街で体験できるのとまったく同様の様子が描かれており、その都市のたたずまいは、ヴェネツィアのすがたと寸分違わないように読めるでしょう。

しかし、クビライが戒めているように、「都市とそれを描く言葉とをけっして混同してはならない」ということも忘れてはいけません。なぜなら、「都市にかたちをあたえているのは、それを眺める者の気分」だからであり、「想像のなかで描いた都市は、そこから最大限可能な都市を演繹できる都市の雛型」であるからです。

13. 言葉をとおして、過去を生き直し、未来を見いだす

こうして長い文学の旅を経てきて、最後にあらためて、本章の冒頭にも掲げた問い――作品を携え作家と一緒に街を歩くとはどういうことなのだろう――について考えたとき、少なくともわ

たしたち読者――言葉と向き合うかたちで旅をする者にとっては、目の前にあるものは、つねに「想像力」によって描き出された地図でしかないのです。だからそこには、たとえば道路標識も番地もなければ、教会もない。

その地図は、そのなかにわたしたちがみずからの見るものを（そして時には見たくないものをも）投影する、巨大な鏡なのです。そんな鏡が自分たちの前にしつらえられている。そして文学作品を読むという旅に出るたびに、そのことに気づかされるのだと思います。

それは時に、途轍もない誘惑になって、またその鏡をこわごわ覗いてみたい、という気になったりもしますが、わたしたちはマルコ・ポーロではなく、クビライでもないので、少なくとも彼らとは違った、余所者の視線、眼差しをもう一度手にすることで――すなわち、言葉を携えて、旅に出る必要があるでしょう。

そのとき、その鏡の向こう側には、いったい何が見えてくるのでしょうか。

『見えない都市』のなかに、こんな言葉があります。

新たな町に着くたびに、旅人は、二度と取りもどす術などないと思っていた自分の過去をふたたび見いだすのだ。二度と手にすることのないものたちが、よそよそしい貌をして、よそよそしい、手にしたこともない土地の入口で待ち構えている。

（同前）

13.

クビライとマルコの対話のなかでクビライがマルコに重ねて尋ねる場面があります。

「マルコ、おまえの旅は過去のなかだけを進むのか？」
（中略）
「おまえは過去をふたたび生きるために旅しているのか？」
（同前）

このクビライの問いは、じつは「おまえは、未来をふたたび見いだすために旅しているのか？」という問いでもあるのではないか——。そのように作者カルヴィーノは言い換えます。

それに対して、マルコはどう答えたか。

「余所なる場所は陰画《ネガ》にして映し出す鏡。旅人は自己のものとなし得なかった、また今後もなし得ることのない多くのものを発見することで、おのれの所有するわずかなものを知るという次第」
（同前）

過去を、書物や言葉を介して旅をしたとしましょう。それは、これからわたしたちが見るかもしれない、生きるかもしれない未来をふたたび見いだす、どこかで見ていたのだけれど、気がつかずにいて、ふたたび見いだす、そのような契機になるのではないか——。じつに示唆に富んだ指摘ではないでしょうか。

たまたま視界の端からこぼれ落ち、記憶の淵に隠れ、眠っている風景を、ふたたびいまの視界に呼び戻す手立てがあるとすれば、それは過去を未来の合わせ鏡のようにして見つめながら歩みを進めることだ——。そうマルコもカルヴィーノも心得ているのです。そしてその旅の凝視を手繰り寄せるために「書く」という行為はあるのだと。

まったく同じ趣旨の指摘を、わたしにとってはカルヴィーノと並んで、もっとも近しい作家であるアントニオ・タブッキも記しています。

書くことは、ときどき、盲目なのだ。盲目であるがゆえに、神託の力がある。ただし、それは未来の「予測」ではない。過去において、われわれあるいは他人に起きたことに関する予測なのだ。それは、起きたことに気づかなかった何か、なぜ起きたかわからない何かを予測する。

（『他人《ひと》まかせの自伝』、筆者・花本知子訳、岩波書店、一部改訳）

これは、タブッキみずからがまとめた唯一の評論集『他人《ひと》まかせの自伝』に収められた小論「先立つ未来」に綴られた一節です。この言葉が教えているのは、過去を単に回顧し追想するのではなく、（一見矛盾して見えるかもしれない）過去からの「予測」の眼差しが、未来を思索するための示唆となるということです。

13.

カルヴィーノが『見えない都市』で、クビライとマルコの対話をとおして浮き彫りにしたのも、じつは過去の出来事を語ることそのものが、過去を忘却の淵へと追いやることなく、今へと手繰り寄せ、見つめ直すことで、未来への糧となるという確信に似たなにかだったのかもしれません。そうだとすれば、過去と未来の合わせ鏡を携えながら、書物の言葉に分け入って旅路を進んでさえいけば、無数の「見えない都市」はおのずとすがたを露わにし、わたしたち旅人に語りかけてくれる――。そんな願いを抱いたとしても、おかしくはないだろうと信じて、いったん口を噤《つぐ》むとしましょう。

《旅》の終わりに――あとがきにかえて

イタリアの街と文学、そう聞いてすぐ思い浮かべたのは『見えない都市』のこと。二〇二三年に生誕百年、そして二五年には歿《ぼっ》後四十年を数えるイタロ・カルヴィーノが一九七二年に発表した作品で語られる五十五の街のことでした。

五十五の街はひとつも実在しないのですが、街の描写には、わたし自身半世紀余りイタリアと関わるなかで目にした景色や光景が、気づけばそこかしこに再現されている。分けてもマルコ・ポーロの故郷ヴェネツィアとカルヴィーノの故郷サンレモは、細やかに密やかに、すがたを現している――。繰り返し読んでいるうち立ち上がってきたそれぞれの街のたたずまいを、わたしの旅の記憶にも照らしながらたどりなおしてみよう、そう思ったのです。

こうしてイタリアの街を文学作品と作家と一緒に旅をするという酔狂にお付き合い願うことになったわけですが、ぜひいつか今度はご自分の足で、テクストを携えて――あるいは放り投げてでもかまいません――、イタリアの街と作品を旅しながら、みなさんの未来をそこに見いだしていただけたら、著者として、また旅の伴侶として、これほどうれしいことはありません。

さて、この旅の記録が書物としてかたちを現す段になって、短いあとがきをと思案していたとき、気晴らしにと足を運んだ美術展で、因縁めいた出会いに恵まれるという出来事がありました。展覧会の主役は、先だって亡くなった詩人、谷川俊太郎の日本語訳で親しんできたレオ・レオーニ（一九一〇〜九九）。かれの生涯を、親交のあったアーティスト仲間との交感で縁取りながらたどりなおし、最後に絵本を実際手に取って振り返ってみるという趣向で構成されていました。ブルーノ・ムナーリ、ソール・スタインバーグにエマヌエーレ・ルッツァーティ、エリック・カールといった日本でも馴染みふかい絵本の作家たちに愛されたレオの作品が、かれらの作品に囲まれて、心地よく並んでいました。

そんななかで、わたしの目を惹いたのは、レオが精油会社のイタリア支店長として赴任する父親に伴われてジェノヴァで暮らしはじめたのが一九二五年だったという事実でした。十五歳の少年の言語世界に、生まれ故郷アムステルダムのオランダ語、十歳代前半に習得したとされるフランス語、英語、ドイツ語に、あらたにイタリア語が加わって、リグーリア地方の中心、港湾都市ジェノヴァでの高校時代がはじまったのです。

今回の文学旅行にお付き合いくださったみなさんなら、ジェノヴァの章（第五章）でふれたアントニオ・タブッキ、さらにはサンレモの章（第二章）でお話ししたカルヴィーノ、二人の作家と詩人エウジェニオ・モンターレのふかい結びつきを思い出していただけるかもしれません。

レオ・レオーニがジェノヴァに移り住み、以後、生涯を通して第二の故国と思い定めるイタリアとの関わりをもつようになった年、それが一九二五年。モンターレの第一詩集『烏賊の骨』刊行の年にして、カルヴィーノ一家がキューバからサンレモに移り住んだのと同じ年なのです。

駆け出しの詩人と、高校生だった未来のアーティストに、二歳の未来の作家。それぞれの視界に、同じティレニア海を望むリグーリアの風景が映っていたかもしれないと思い描きながら、展覧会場からの帰途、さてジェノヴァに詩人エドアルド・サングイネーティが生まれたのは三〇年だから、そのころレオは税理士の傍らジェノヴァ大学に通っていて、まだ未来派運動の創始者マリネッティには会っていないはずなどと想像をふくらませ、ちいさな旅の気晴らしがくれた幸運に心を弾ませていたのです。

『「見えない都市」を歩く——文学で旅するイタリア』は、こんなふうに、日本に居ながらにしてイタリアと文学を満喫する手立てに事欠かない——。本書を読み終えて、どこかイタリアの街へと足を延ばすとしたら、と旅程を組み立てるのであれば、まずはどれか一冊、イタリア文学の書物を手に取って読みはじめてください。そのとき旅はすでにはじまっているのですから。

＊　＊　＊

本書では、数多くの文学作品をご紹介してきましたが、原則として日本語訳のある作品を取り上げるよう心掛けました。引用に際しても、できるだけ既訳を優先して使わせていただきました。この場を借りて、それぞれの訳者のみなさまに感謝いたします。

最後に、こうして書物になった《旅》の背後には、多くの方々のお力添えがあったことを感謝の念とともに記しておくことにします。

ＮＨＫカルチャーラジオの企画として、ＮＨＫ文化センター青山教室で収録も兼ねて話す機会をあたえてくださった榎本まきさん、収録編集の斉藤麻子さん。そして教室で、三十分強の講義二本で一回分の講座を七回、という変則的な構成にもかかわらず、衝立《ついたて》越しに毎回熱心に話を聴いてくださった受講者のみなさん。ありがとうございました。また書籍にまとめるにあたって、本書のイメージを絶妙な装丁で表現してくださったデザイナーのコバヤシタケシさんにも謝意を申し述べます。

そして開講・収録時はもちろん、緻密かつ丹念に記録を残し、書物として完成するまで伴走してくださったＮＨＫ出版小林潤さん、開講時から最後まであたたかく見守ってくださった小湊雅彦さん――お二人の力なくして、この《旅》を終えることは叶わなかったでしょう。心よりお礼申し上げます。

二〇二五年一月十四日　和田忠彦

文学で旅するイタリア　作品ガイド

イタロ・カルヴィーノ　Italo Calvino

『見えない都市』米川良夫訳、河出文庫、2003
『カルヴィーノ　アメリカ講義――新たな千年紀のための六つのメモ』米川良夫・和田忠彦訳、岩波文庫、2011
『パロマー』和田忠彦訳、岩波文庫、2001
『なぜ古典を読むのか』須賀敦子訳、河出文庫、2012
『くもの巣の小道』米川良夫訳、ちくま文庫、2006
『サン・ジョヴァンニの道』和田忠彦訳、朝日新聞社、1999
『魔法の庭・空を見上げる部族　他十四篇』和田忠彦訳、岩波文庫、2018
『不在の騎士』米川良夫訳、白水Uブックス、2017
『まっぷたつの子爵』河島英昭訳、岩波文庫、2017
『木のぼり男爵』米川良夫訳、白水Uブックス、2018
『むずかしい愛』和田忠彦訳、岩波文庫、1995
『イタリア民話集』（上・下）河島英昭訳、岩波文庫、1984
『マルコヴァルドさんの四季』安藤美紀夫訳、岩波少年文庫、1977

チェーザレ・パヴェーゼ　Cesare Pavese

『美しい夏』河島英昭訳、岩波文庫、2006
『月と篝火』河島英昭訳、岩波文庫、2014
『パヴェーゼ文学集成 6　詩文集　詩と神話』（『働き疲れて』）河島英昭訳、岩波書店、2009

ナタリーア・ギンズブルグ　Natalia Ginzburg

『須賀敦子の本棚 3　小さな徳』白崎容子訳、河出書房新社、2018
『ある家族の会話』須賀敦子訳、白水Uブックス、1997

エドモンド・デ・アミーチス　Edmondo De Amicis

『クオーレ』和田忠彦訳、岩波文庫、2019

エウジェニオ・モンターレ　Eugenio Montale

「この一冊でわかる　20 世紀の世界文学：新潮 四月臨時増刊」（「少年時代の

終わり」)、和田忠彦訳、新潮社、1991

アントニオ・タブッキ　Antonio Tabucchi

『遠い水平線』須賀敦子訳、白水Uブックス、1996
『レクイエム』鈴木昭裕訳、白水Uブックス、1999
『他人《ひと》まかせの自伝――あとづけの詩学』和田忠彦・花本知子訳、岩波書店、2011
『夢のなかの夢』和田忠彦訳、岩波文庫、2013
『いつも手遅れ』和田忠彦訳、河出書房新社、2013
『イザベルに　ある曼荼羅』和田忠彦訳、河出書房新社、2015

カルロ・コッローディ　Carlo Collodi

『ピノッキオの冒険』大岡玲訳、光文社古典新訳文庫、2016

ジョヴァンニ・ボッカッチョ　Giovanni Boccaccio

『デカメロン』(上・中・下)平川祐弘訳、河出文庫、2017

イタロ・ズヴェーヴォ　Italo Svevo

『トリエステの謝肉祭』堤康徳訳、白水社、2002
『ゼーノの意識』(上・下)堤康徳訳、岩波文庫、2021

ウンベルト・サバ　Umberto Saba

『ウンベルト・サバ詩集』[新装版](「トリエステ」「自伝」「三本の木」)須賀敦子訳、みすず書房、2017

クラウディオ・マグリス　Claudio Magris

『ミクロコスミ』二宮大輔訳、共和国、2022

サルヴァトーレ・クァジーモド　Salvatore Quasimodo

『クァジーモド全詩集』河島英昭訳、岩波文庫、2017

ルイージ・ピランデッロ　Luigi Pirandello

『ピランデッロ短編集　カオス・シチリア物語』白崎容子・尾河直哉訳、白水社、2012

ジュゼッペ・トマージ・ディ・ランペドゥーザ
Giuseppe Tomasi di Lampedusa
『ランペドゥーザ全小説　附・スタンダール論』(『山猫』) 脇功・武谷なおみ訳、作品社、2014

エリオ・ヴィットリーニ　Elio Vittorini
『人間と人間にあらざるものと』脇功監訳、武谷なおみ・多田俊一・和田忠彦・伊田久美子訳、松籟社、1981
『シチリアでの会話』鷲平京子訳、岩波文庫、2005

ディーノ・ブッツァーティ　Dino Buzzati-Traverso
『シチリアを征服したクマ王国の物語』天沢退二郎・増山暁子訳、福音館文庫、2008
『絵物語』長野徹訳、東宣出版、2016
『七人の使者・神を見た犬　他十三篇』脇功訳、岩波文庫、2013

カルロ・レーヴィ　Carlo Levi
『キリストはエボリで止まった』竹山博英訳、岩波文庫、2016

イニャツィオ・シローネ　Ignazio Silone
『フォンタマーラ』齋藤ゆかり訳、光文社古典新訳文庫、2021
『葡萄酒とパン』齋藤ゆかり訳、白水社、2000

エレナ・フェッランテ　Elena Ferrante
『ナポリの物語』全4巻（1 リラとわたし／2 新しい名字／3 逃れる者と留まるもの／4 失われた女の子）飯田亮介訳、早川書房、2017～2019

エルサ・モランテ　Elsa Morante
『池澤夏樹=個人編集 世界文学全集　I-12　アルトゥーロの島／モンテ・フェルモの丘の家』(『アルトゥーロの島』) 中山エツコ訳、河出書房新社、2008

アルベルト・モラヴィア　Alberto Moravia
『無関心な人びと』（上・下）河島英昭訳、岩波文庫、1991

ピエール・パオロ・パゾリーニ　Pier Paolo Pasolini
『生命ある若者』米川良夫訳、講談社文芸文庫、1999

ガブリエーレ・ダンヌンツィオ　Gabriele d'Annunzio
『快楽　薔薇小説Ⅰ』脇功訳、松籟社、2007

ジュンパ・ラヒリ　Jhumpa Lahiri
『べつの言葉で』中嶋浩郎訳、新潮社、2015
『わたしのいるところ』中嶋浩郎訳、新潮社、2019

ウンベルト・エーコ　Umberto Eco
『薔薇の名前』（上・下）河島英昭訳、東京創元社、1990
『フーコーの振り子』（上・下）藤村昌昭訳、文春文庫、1999
『ウンベルト・エーコの文体練習［完全版］』和田忠彦訳、河出文庫、2019
『ヌメロ・ゼロ』中山エツコ訳、河出文庫、2018
『女王ロアーナ、神秘の炎』（上・下）和田忠彦訳、岩波書店、2018
『イタリア語で読む　ウンベルト・エーコの『いいなづけ』』白崎容子訳、NHK出版、2018
『ウンベルト・エーコの世界文明講義』和田忠彦監訳、石田聖子・小久保真理江・柴田瑞枝・高田和広・横田さやか訳、河出書房新社、2018

アレッサンドロ・マンゾーニ　Alessandro Manzoni
『いいなづけ』（上・中・下）平川祐弘訳、河出文庫、2006

ヨシフ・ブロツキー　Joseph Brodsky
『ヴェネツィア――水の迷宮の夢』金関寿夫訳、集英社、1996

［協力］……ＮＨＫ文化センター
［校正］……酒井清一
［地図作成］……atelier PLAN
［本文ＤＴＰ］……天龍社
［ブックデザイン］……コバヤシタケシ

和田忠彦（わだ・ただひこ）

イタリア文学研究者。東京外国語大学名誉教授。一九五二年長野県生まれ。京都大学大学院文学研究科博士課程単位取得退学。京都大学、名古屋芸術大学、神戸市外国語大学などを経て東京外国語大学教授となり、同大学副学長を務めた。著書に『ヴェネツィア 水の夢』（筑摩書房）、『タブッキをめぐる九つの断章』（共和国）など。また、ウンベルト・エーコ、イタロ・カルヴィーノ、アントニオ・タブッキをはじめ、イタリア近現代文学の訳書を多数手がける。

「見えない都市」を歩く
文学で旅するイタリア

二〇二五年三月二十五日　第一刷発行

著者　和田忠彦

発行者　江口貴之
発行所　NHK出版
〒一五〇-〇〇四二
東京都渋谷区宇田川町一〇-三
電話　〇五七〇-〇〇九-三二一（お問い合わせ）
　　　〇五七〇-〇〇〇-三二一（ご注文）
ホームページ　https://www.nhk-book.co.jp

印刷　三秀舎／近代美術
製本　藤田製本

ISBN978-4-14-081985-2　C0095